华北抗日根据地及解放区文艺大系

陈晋 郑恩兵 主编

《晋察冀日报》
文艺文献全编

小说

第一卷

郑恩兵 编

河北出版传媒集团
河北教育出版社

图书在版编目（CIP）数据

《晋察冀日报》文艺文献全编．小说．第一卷 / 郑恩兵编．—— 石家庄：河北教育出版社，2023.12

（华北抗日根据地及解放区文艺大系 / 陈晋，郑恩兵主编）

ISBN 978-7-5545-7666-3

Ⅰ．①晋… Ⅱ．①郑… Ⅲ．①文艺－作品综合集－世界－现代②小说集－中国－现代 Ⅳ．①I11 ②I246

中国国家版本馆 CIP 数据核字（2023）第 043827 号

书　　名	《晋察冀日报》文艺文献全编·小说·第一卷	
	JINCHAJI RIBAO WENYI WENXIAN QUANBIAN XIAOSHUO DI-YI JUAN	
编　　者	郑恩兵	
责任编辑	张亚楠	
装帧设计	郝　旭	
出　　版	河北出版传媒集团	
	河北教育出版社　http://www.hbep.com	
	（石家庄市联盟路705号，050061）	
印　　制	石家庄众旺彩印有限公司	
开　　本	787毫米×1092毫米　1/16	
印　　张	17	
字　　数	216千字	
版　　次	2023年12月第1版	
印　　次	2023年12月第1次印刷	
书　　号	ISBN 978-7-5545-7666-3	
定　　价	98.00元	

版权所有，侵权必究

丛书编委会

顾　问
陈平原　刘跃进　王长华　李　扬

编委会主任
吕新斌

编委会副主任
彭建强　孟庆凯　刘　月

主　编
陈　晋　郑恩兵

副主编
董素山　向　回　汪雅瑛

编　委（按姓氏笔画排序）
马春香　王少军　田浩军　包来军　吉　喆　刘书芳　刘贵廷
关小彬　杨　程　杨春生　宋少净　张　辉　张川平　赵　华
高露洋　郭义强　阎晓宏　梁晓晓

编纂说明

在中国共产党百年发展历程中，文艺始终是党领导人民开展进步事业的有机组成部分，是党在各个历史时期的中心工作的实时反映和重要推动力量。"华北抗日根据地及解放区文艺大系"，是一部全面展示抗日战争和解放战争时期华北地区党的历史创造、奋斗风采和形象建构的大型革命历史文艺文献丛书，对于深入研究华北地区革命文艺史、红色新闻史，弘扬伟大建党精神、梳理中国共产党人精神谱系，是必不可少的第一手资料，是我们在新时代坚定树立文化自信的重要思想资源。

一、编纂缘起

抗日战争及解放战争时期，华北地处各方政治与文化力量激烈博弈的前沿，这种特殊政治、军事、文化、地理环境中产生的革命文艺，具有鲜明的地域性特征，是五四新文化运动以来的革命文艺发展史上的突出标识。

但一直以来，由于史料文献整理不足，对华北抗日根据地及解放区文艺的研究，始终未能深入，其独特的地域性实践价值和蕴含的文化创新意义被严重遮蔽。这些史料文献主要以党报党刊的形式呈现，梳理汇编这些党报党刊中的革命文艺史料，借之以探索华北革命文艺的发展路径、发展方向、创造机制和创新经验，是深入贯彻习近平总书记关于"把红色资源利用好、把红色传统发扬好、把红色基因传承好"，"用好红色资源、赓续红色血脉"等系列重要讲话精神的有力举措，也是新时代文艺研究者不可推卸的责任。

2017年6月左右，我们去中国社科院文学所拜访时任所长刘跃进先生，协商合作研究事宜，寻求中国社科院文学所的帮助。请教过程中，刘先生建议我们结合地方特色，做好地方红色文艺文献的搜集整理与编纂出版工作。经过一段时间筹备，2017年底，我们以"河北红色经典系列丛书"为名，正式申报"2018年度河北省省级宣传文化发展专项资金"项目并成功立项，旨在通过选定刊行河北红色经典作品、梳理汇编河北红色经典研究资料、系统阐述河北红色经典发展历史等基础性工作，打造一个集大成式的河北红色经典文献资料库。

项目最初设计共二十四卷，包括六大板块：《河北红色经典史》一卷、《河北红色文艺作品选》六卷、《河北红色经典作家作品索引》三卷、《河北红色经典研究资料汇编》四卷、《〈晋察冀日报〉副刊文学作品全编》六卷、《晋冀鲁豫抗日根据地文艺作品及〈新华日报〉太行版文艺作品汇编》四卷。但在项目实施过程中，我们充分吸收专家意见，认为网络时代和大数据背景下的科研活动有了很大变化，《河北红色经典作家作品索引》与《河北红色经典研究资料汇编》的编纂工作，在当前学术生态中价值不大，并予以取消。同时，在项目实施过程中我们发现，《晋察冀日报》《人民日报》等党报除刊发大量文艺作品外，还有大量记录边区文艺工作者行迹，反映边区戏剧、音乐、文学、美术、舞蹈、曲艺活动与报刊书籍出版发行等各方面情况的文艺史料,以及体现我党文艺方向、方针变化的政策文件与重要领导讲话,是华北地域党和人民对敌作战的重要宣传武器,更是飘扬在华北地区军民心中一面旗帜。这些史料是华北地域革命文艺发生、发展与壮大的真实记录,对我们正确认识革命文艺的特点与历史地位有重要的决定性作用。

为此,我们精心整理了《〈晋察冀日报〉文艺文献全编》《晋冀鲁豫〈人民日报〉文艺文献全编》《〈晋察冀画报〉文艺文献全编》《晋察冀日报社人物志》(共五十一卷),同时收入全国抗战时期和解放战争时期与河北地域相关且被广大群众所喜爱并广泛传唱的红色文艺作品,结集为《河北红色文艺作品选》(共六卷),至此形成丛书目前的五大板块,而且将名称由"河北红色经典系列丛书"改为"华北抗日根据地及解放区文艺大系",方便以后在此基础上做进一步拓展。

二、地域范围及文艺特质

华北抗日根据地包括当时山东、河北、山西、察哈尔、绥远、热河全部及豫北、苏北、皖北部分地区,分晋绥、晋察冀、晋冀豫、冀鲁豫、山东五大块。1941年,冀鲁豫合并到晋冀豫,称晋冀鲁豫。其中晋察冀抗日根据地作为开辟最早、地域最大、人口最众的模范抗日根据地,是华北抗日根据地的坚强堡垒,牵制和抗击了三分之一以上的华北日军和二分之一的伪军。

在河北及其邻省周边地区开辟与创建华北抗日根据地,是红军长征到达陕北之后党中央迅速做出的重大战略决策。这些根据地地处对日武装斗争最前线,不仅打开了抗战的新局面,成为华北敌后抗战的主战场，而且进行了新民主主义社会的实践探索，对解放战争的历史进程产生了巨大影响，成为我党开辟东北解放区的前进基地和逐鹿中原的战略后方。随着抗日根据地的开辟，延安文艺工作团、西北战地服务团、东北促进纵队干部队、八路军总政治部前线记者团等大批文艺工作者，随同党政干部一道陆续抵达华北，东北、平津的青年学生也纷纷冒着生命危险来到边区。他们一手拿枪，一手拿笔，深入农村与抗战前线，切身体会工农兵的生活，深刻了解工农兵的需求，从而根本上克服了艺术至上主义思想倾向。所以，华北抗日根据地及解放区文艺，既响应了伟大的民族抗战对文学艺术提出的时代要求，亦充分兼顾到广大人民群众的接受习惯和欣赏水平，真实地反映了华北人民火热的战斗与生产生活。很多作者本身就是农民、战士或基层工作者，他们把自己的经历和熟悉的人和事，通过小说、戏剧、诗歌、报告文学、歌曲、绘画、舞蹈等文艺样式记录下来，语言通俗平实，富有生活气息。由于产生于特定时代、特定区域而又适应特定需要，故而无论是题材、语言还是风格，在体现革命大众文艺共性的同时，又具有强烈的华北地域特性。

华北抗日根据地及解放区文艺的繁荣发展，是专业文艺工作者与工农兵群众共同创造的结果。人民群众不仅是革命文艺运动的主导主体、推进主体、受益主体，还是一切成败得失的评判主体。华北抗日根据地及解放区文艺，归根结底，是"以人民为中心"的文艺。

三、学术价值

今天的河北在抗日战争、解放战争时期是晋察冀、晋冀鲁豫两大根据地的中心区域，有着悠久的革命历史传统和丰厚的红色文化底蕴。据不完全统计，抗日战争和解放战争期间，仅晋察冀边区专区以上就办有报刊四百余种，编印图书五百余万册。如果将这种统计扩大到环绕河北的整个华北抗日根据地及解放区，时间扩展至从中国共产党成立到中华人民共和国成立，数据更为可观。这些红色图书、报刊的出版发行，团结了一大批来自全国各地的著名革命文艺家和专业文艺工作者，其中有大量文艺相关信息，是研究近现代中国革命文艺的重要史料。但因受当时物质条件及复杂局势影响，它们传播范围有限，保存困难，如今已普遍出现老化或损毁现象，面临着消失、断层的危险。

  长期以来，由于对抢救、整理和利用红色文艺文献的意义认识不足，现行的科研评价、出版机制亦难以有效刺激科研工作者积极从事老旧报刊等红色文艺文献的系统整理，大量有待整理的红色文艺文献尚未进入学界的视野。特别是华北抗日根据地及解放区的文艺文献，有很多甚至还是学术盲区。如《冀中导报》《救国报》《边政导报》《冀南日报》《团结报》《前进报》《新察哈尔报》《冀热察导报》等各类党报，以及《冀热辽画报》《冀中画报》《北方文化》《五十年代》《新长城》《新群众》《诗建设》《诗战线》等期刊，虽有部分学者对其办报（刊）历程、思想以及传播等方面予以研究，但均无系统的文艺文献整理本。"华北抗日根据地及解放区文艺大系"整理的《晋察冀日报》、晋冀鲁豫《人民日报》、《晋察冀画报》，是当时华北抗日根据地及解放区党报党刊的典型代表，是党的理论和实践同文艺结合的主要媒介和载体，是华北革命文艺重要的传播平台。这些报刊，既客观记录了华北革命文艺的传播与发展，也完整展现了华北革命文艺的特殊使命与风格特征，具有极其重要的史料价值。在此基础上，我们还会将视角延伸到《晋绥日报》《新华日报·太行版》《新华日报·太岳版》等党报，不断地充实这套大型文献史料丛书，以此来系统建构华北抗日根据地及解放区的"文艺史料学"。

四、丛书特色

这套丛书的编纂，主要以抗日战争及解放战争期间华北境内各根据地、解放区出版、发行、制作之图书、期刊、报纸等红色文献中的文艺资料为内容。编纂特色主要包括：

（一）抢救珍贵历史文献，弘扬伟大建党精神。

华北抗日根据地及解放区的红色文献发行于条件艰苦的战争年代，数量少，印制质量粗糙，历经岁月的洗礼，留存下来的品相完好者已经很少，有些到今天已成孤本。这些文献作为特定历史时期和区域的产物，见证了中国共产党领导华北人民争取民族独立和人民解放的伟大历程，反映了华北近代社会的巨大变化，蕴含着珍贵的史料价值和鉴往知来的现实意义，是中国共产党领导的文艺事业、新闻出版事业与意识形态建设发展的历史见证。它们诠释了党的初心和使命，蕴含着坚定的理想信念与崇高的革命精神，到今天仍然具有强大的感染力与说服力，是陶冶情操、磨炼意志，走好新时代长征路的有效精神资源。抢救性搜集、整理与研究这些珍贵历史文献，有利于增强党政干部政治信仰，弘扬伟大建党精神和践行社会主义核心价值观。

（二）文艺与党史密切融合，拓展革命文艺与党史研究的新视野。

革命文艺作品的创作、发表和传播，和党的历史任务和奋斗实践是分不开的。在艰苦卓绝的革命岁月，奋斗前行的中国共产党始终强调，既要拿"枪杆子"，也要拿"笔杆子"。革命的文艺工作者，一手拿枪，一手拿笔，深入农村与抗战前线，以人民大众易于接受和欣赏的形式，宣传党的政策，推行党的方针，为中国共产党顺利完成不同历史阶段的中心任务和伟大使命发挥了独特而重要的作用。本套丛书收入的文献史料，主要是抗日战争与解放战争时期党报党刊中的文艺作品与文艺史料，它们鲜明生动地体现了党的历史，党领导人民争取民族独立、人民解放的奋斗历程和精神面貌，从而为学界从文艺角度研究党史和从党史角度研究文艺提供了有力支撑。

（三）作品汇编与史料梳理并行，还原革命文艺的历史场域。

"华北抗日根据地及解放区文艺大系"的编纂，全面辑录华北抗日根据地及解放区党报党刊上刊登的诗歌、小说、戏剧、报告文学、散文、歌曲、版画等文艺作品，并系统梳理当时文艺发生、发展、传播以及社会各界文艺活动的各类消息和报导。同时选编了大量的河北红色文艺作品作为补充。这种文艺史料与文艺作品的配合整理，还原了革命文艺的历史场域，有利于构建对革命文艺的科学认识。

五、丛书内容

（一）《〈晋察冀日报〉文艺文献全编》共三十八卷：

诗歌三卷

戏剧一卷

小说二卷

文艺评论三卷

文艺史料九卷

外国文艺二卷

散文报告文学十七卷

歌曲版画一卷

（二）《晋冀鲁豫〈人民日报〉文艺文献全编》共十一卷：

诗歌一卷

戏剧、小说、文艺评论一卷

散文报告文学五卷

文艺史料四卷

(三)《〈晋察冀画报〉文艺文献全编》一卷

(四)《晋察冀日报社人物志》一卷

(五)《河北红色文艺作品选》共六卷：

诗歌一卷

戏剧一卷

散文一卷

小说三卷

六、编纂体例

(一)整套丛书题材丰富、门类众多，在体裁上不做强行统一。

(二)丛书中所录作品均为当年报刊发表的原文。为确保丛书的文献性、学术性、专业性和资料性，丛书编辑加工的总原则为保持文献原貌，内容上不做改动。

(三)文字的使用

1. 丛书中文字的使用以2013年教育部、国家语言文字工作委员会公布的《通用规范汉字表》为准。

2. 丛书中的古体字、通假字、俗体字，以及所涉及姓名字号、职官地理等专用字，均予保留。

3. 丛书原文字迹模糊残损，但仍可辨认或可依上下文校正，以字外加方框"口"表示；原文缺字或无法辨识，且无法校补，每字以一个方框"口"表示；如无法统计所缺字数，则以"☒"表示。

4. 丛书中数字的使用，保持原貌。

（四）标点符号及其他符号的使用

1. 丛书在不改变原文意义的情况下，将旧式标点改作现行标点符号。

2. 丛书原文中出现代表文字的符号，如"×""△""○""▲"等，保持原貌。

3. 丛书原文中的着重号、专名号等不再保留。

（五）其他

1. 丛书原文中的注释，保持原貌；编者亦出部分注释，供读者参考。

2. 因为原始文献本身产生于战争年代，保存不易，漫漶不清处较多，丛书疏误之处在所难免，希望专家读者批评指正。

七、鸣谢

本套丛书得以顺利面世，要特别感谢中共河北省委宣传部、河北省社会科学院、河北教育出版社的资金支持，以及北京大学陈平原教授、中国社科院文学所刘跃进研究员、南开大学文学院李扬教授、河北师范大学文学院王长华教授等，为丛书编纂提供了多方面的学术支撑；晋察冀日报社老报人及报史研究会诸位老师，中国社科院文学所现代室、中国丁玲研究会、中国现代文学馆各位专家，也在丛书编纂过程中提出了许多建设性意见；院内外的数十位年轻科研工作者，在原文录入和校对方面付出了艰辛劳动，确保了项目的顺利进行。在此一并致谢。

把艺术交给大众（代序）
——祝贺"华北抗日根据地及解放区文艺大系"结集问世

中国社会科学院　刘跃进

由河北省社会科学院文学研究所编纂、河北教育出版社出版的"华北抗日根据地及解放区文艺大系"结集问世，值得庆贺。

文艺是时代前进的号角。1937年7月7日，卢沟桥事变爆发，全面抗战由此而起。广大的爱国知识分子和青年学生，表现出同仇敌忾的民族气节，走出书斋，走出校园，用知识，用智慧，用不屈的精神力量唤醒民众，用实际行动担负起抗日救亡的历史重任。在此后的岁月里，延安文艺和华北抗日根据地及解放区文艺，是中国共产党领导下的两大主体，双峰并峙，展示着那个时代的风貌，引领了那个时代的风气。

随着抗日根据地的开辟，延安文艺工作团、西北战地服务团、东北促进纵队干部队、八路军总政治部前线记者团等大批文艺工作者，随同党政干部一道陆续抵达华北，东北、平津的青年学生也纷纷冒着生命危险来到边区。他们一方面积极创作大量街头剧、活报剧、街头诗、墙头小说、木刻版画、歌曲、舞蹈等革命文艺，开展抗日救亡宣传运动；一方面也通过开办文艺干训班，开展各行业、各阶层甚至全民的文艺创作与评选活动，吸引工农兵群众加入文艺队伍，掀起了"晋察冀一周""冀中一日"等具有深化性质的群众写作运动，以及"创造模范村剧团""穷人乐"等群众戏剧运动，为晋察冀文艺史添上了浓墨重彩的一笔。

说到这里，我想起2009年参加《北平学生移动剧团团体日记》捐赠仪式的一段往事。从1937年到1938年，在中国抗战史上唯一以大学生组成的"北平学生移动剧团"在长达一年半的时间里，历尽艰难，转辗于国民党第五战区的各个战场，演出话剧，创办报纸，宣传抗日，鼓舞斗志，谱写出响彻云霄的时代赞歌。移动剧团的成员每人一周轮流记述，用日记形式记录了那段不平凡的岁月，《北平学生移动剧团团体日记》就是这部历史的记录。它不是写给个人看的私密记录，也不是为将来面世扬名。作者完全出于一种历史责任，真实客观地记录了那段鲜为人知的历史，体现出强烈的史家意识。日记封面上有这样一段题记，"北平学生移动剧团·愿我永恒·中华民国二十七年二月二十三日始·璧华"。孤立地看这部日记，也许没有什么轰轰烈烈的战斗业绩，也没有什么感人肺腑的情感纠结。客观、平实是它的本色，正是这种本色，为那个历史年代留下一段真实。"北平学生移动剧团"的抗日活动，是文艺工作者投身抗日洪流中的一个历史缩影。

随着抗战的胜利，察哈尔省会张家口解放，晋察冀文协、晋察冀剧协、晋察冀音协、晋察冀美协、晋察冀通讯社、晋察冀边区剧社、晋察冀日报社、晋察冀画报社等文化团体随中共晋察冀中央局和军区领导先后开赴华北根据地，一大批文艺工作者也随之来到华北，开展丰富多彩的文艺活动。他们坚持毛泽东《在延安文艺座谈会上的讲话》中指出的方向，一手拿枪，一手拿笔，深入农村与抗战前线，既为切身体会工农兵的生活，也为深刻了解工农兵的需求，从而在根本上克服了自身相当普遍和严重的艺术至上主义思想倾向，为工农兵而创作，为工农兵所利用，以人民大众易于接受和欣赏的形式，普遍写人民大众的生产战斗故事。譬如左翼作家邵子南，于1938年10月随西战团到晋察冀，主持战地社日常工作，主编《诗建设》；1943年整风运动后，他到阜平任小学教员，在反"扫荡"中与群众、民兵一起转移、战斗，还直接在五丈湾跟随李勇的游击组对日寇展开地雷战；1944年5月随团回延安，在鲁艺任教，后调陕甘宁文协搞专业创作，开始大量创作反映晋察冀边区生活的小说。他以亲身体验为基础创作的短篇小说《李勇大摆地雷阵》（后改为《地雷阵》），运用阜平农民群众的语言，以口语化方式讲述了爆炸英雄李勇的抗日故事，明显吸取了民间说唱文学的优点，特别是在白话叙述中还插入不少快板式的韵白，更适合群众的喜好，因而在当时广为流传，家喻户晓，起到了很大的宣传鼓动作用。其他作品，如《荷花淀》《太阳照在桑干河上》《漳河水》《赶车传》《王九诉苦》《孟祥英翻身》《新儿女英雄传》《白求恩大夫》《我的两家房东》《穷人乐》《李殿冰》《戎冠秀》《没有共产党就没有中国》《团结就是力量》《没有土地的人们》《白毛女》等，都是成功的文艺典范，在现代中国文学史上占据比较重要的位置。

在华北抗日根据地及解放区的文艺创作成果中，还有数以万计的文艺作品和极具研究价值的文艺史料刊发在根据地及解放区所办的报刊上。很多作者，本身就是农民、战士或基层工作者。他们把自己的经历和熟悉的人和事，通过小说、戏剧、诗歌、报告文学、歌曲、绘画、舞蹈等文艺样式记录下来，语言通俗，富有生活气息。人民既是历史的创造者，也是历史的见证者；既是历史的"剧中人"，也是历史的"剧作者"。让故事中的人物自己编词、自己表演的创作方式，很好地反映出人民的心声，并让人民群众从生动活泼的艺术作品中得到教育，这确实是一个成功的尝试。

配合党的中心工作，"把艺术交给大众"，通过文艺唤醒大众，这已成为华北文艺工作者的自觉意识。他们积极响应伟大的民族抗战对文学艺术提出的时代要求，充分兼顾到广大人民群众的接受习惯和欣赏水平，创作了大量的作品，真实地反映了燕赵儿女火热的战斗与生产生活，起到了良好的宣传教育与鼓动激励效果。刘萧无编排新闻报道剧《李殿冰》，编剧与演员一起住到李殿冰家里，以便于熟悉主人公的生活，搜集真实生动的群众语言，还模仿他们的动作，理解他们的心理，甚至还让主人公李殿冰等直接参与剧本的修改和编排。描写群众的生活，邀请群众参与创作，这是当时文艺工作者走群众路线的生动体现。该剧演出后获得当地老百姓的极大赞赏，鲁中实验剧团还专门学习该剧的创作方法，创编了三幕五场话剧《过关》。艾思奇《前方文艺运动的新范例》更是誉其开创了前方文艺的新范例。抗敌剧社的《王老三减租小唱》、冀中火线剧社的话剧《我们的母亲》，也都具有这种特色。

这些文艺作品，可能略显仓促，有的甚至急就于战火中，所以在素材提炼、人物形象塑造以及语言的使用、细节的刻画等方面还有很多不足。但是，这不是一般意义上的创作，而是燕赵大地为争取民族独立、人民解放的集体记忆和行动号角，是中国革命事业的重要组成部分。华北抗日根据地及解放区的文艺，有很多这样未经沉淀的纪实作品，不管其艺术性如何，但在发动群众、组织群众、铸就抗击日寇和国民党反动派铜墙铁壁方面，发挥了无可替代的作用。20世纪五六十年代，河北地区涌现出大量的红色经典，便是华北抗日根据地及解放区文艺的传承和发展。

2017年6月，河北省社科院文学所郑恩兵所长来京与我们协商合作研究事宜。我根据所了解的信息，建议他们结合地方特色，做好地方红色文艺文献的搜集整理与编纂出版工作。"华北抗日根据地及解放区文艺大系"就是那次商讨的成果。全书由五个部分组成：第一部分为《晋察冀日报》文艺文献全编，第二部分为晋冀鲁豫《人民日报》文艺文献全编，第三部分为《晋察冀画报》文艺文献全编，第四部分为晋察冀日报社人物志，第五部分为河北红色文艺作品选。全书收录各种文体的作品六千余种，包括小说、诗歌、文艺评论、戏剧、报告文学、散文、文艺通讯、美术、书法和音乐、文艺史料，还有文艺信息、文艺广告，基本涵盖了华北抗日根据地及解放区的文艺创作情况，具有很高的研究价值。

时值中华人民共和国成立七十五周年之际，我们有机会阅读这部皇皇五十余册的"华北抗日根据地及解放区文艺大系"，更加深切地感受到新中国的建立真是来之不易，她是无数条战线的可歌可泣的人们不懈奋斗的结果。在这样一个特殊的日子里，我们感念当年那些有名无名的作者，感谢参与整理工作的学者，当然，更要感激我们这个伟大的时代。

目 录

张妈的梦 …………………………………………… 1

陈继南的下场 ……………………………………… 5

杀死他们,杀死他们! ……………………………… 7

张老头儿当游击队 ………………………………… 9

刘老三捐救国公粮 ………………………………… 10

村长万福贵 ………………………………………… 11

真死得不值! ……………………………………… 12

杨老头儿 …………………………………………… 13

李老大参加垦荒团 ………………………………… 15

要办春耕突击队 …………………………………… 16

王德银一不做二不休 ……………………………… 17

张大林种地捉汉奸 ………………………………… 19

胡三子献公鸡 ……………………………………… 20

参加八路军 ………………………………………… 22

麦田里捉汉奸 ……………………………………… 24

吴三黑和老婆儿子的闲谈 ………………………… 26

走活路 ……………………………………………… 28

贵尼子要一下子长大 ……………………………… 30

商量救灾的办法 …………………………………… 32

刨去青草种荞麦 …………………………………… 34

刘二成归根来了 …………………………………… 37

王善成比不上牛二 ………………………………… 39

高国兴	41
"铁村"的故事	43
大闺女帮助游击队员脱险	45
张大嫂	47
胜利的归来	48
把铁轨搬回来	50
送过路西去	51
开会	53
缝棉衣,送前方!	55
"新二爷"的"威风"	57
张老三和李先生	60
活着的都有份儿	62
争书本	64
张二黑	66
破路队	68
史元(墙头小说)	70
镰刀也能反抗呵(墙头小说)	72
小红疙瘩的故事	73
大家看谁捣乱	76
金子站岗	78
不该要人家赔三毛钱	80
侦察员	82
韩娃和张五	84
经济生活的一角	86
一个模范的老太太	88
一个年轻的副班长	90

一个雇农的儿子 …………………………………… 92

喜事 ……………………………………………… 94

誓死和鬼子干到底 ……………………………… 96

周三 ……………………………………………… 98

那两个村干部 …………………………………… 100

张大嫂杀敌记 …………………………………… 102

反"扫荡"小故事 ………………………………… 104

小玲子 …………………………………………… 107

两位医生 ………………………………………… 109

哥哥到部队来看望 ……………………………… 111

我们要有轻机枪 ………………………………… 112

有骨气的老太太 ………………………………… 114

钢笔 ……………………………………………… 116

贺年信 …………………………………………… 121

城（墙头小说） ………………………………… 123

模范夫妻 ………………………………………… 124

母亲的怒骂 ……………………………………… 125

代耕 ……………………………………………… 126

选举票的意见 …………………………………… 128

好一个杜二牛 …………………………………… 130

胜利归来的王大个子 …………………………… 134

八千块钱 ………………………………………… 136

找便宜 …………………………………………… 138

她解放了 ………………………………………… 140

唐老二再不喝酒了 ……………………………… 142

李海报仇 ………………………………………… 144

赵发和驴子…………………………………………………………145

马文魁和李华山………………………………………………………152

我们在敌占区…………………………………………………………154

敌伪管束下一个伪乡镇长的座谈会…………………………………156

丈夫(小品)……………………………………………………………157

为了春耕………………………………………………………………163

边界上…………………………………………………………………170

"我不来看你,也放心了!"…………………………………………179

过旧年,在抗属家里…………………………………………………181

爹娘留下琴和箫………………………………………………………183

岗楼里的恐怖…………………………………………………………190

平静的初春……………………………………………………………192

翻过来(创作)…………………………………………………………198

狼牙山的儿女…………………………………………………………205

老吉不死!……………………………………………………………211

张二仲和客人…………………………………………………………213

胜利的酒筵……………………………………………………………215

小李偷了敌五支枪……………………………………………………217

枪………………………………………………………………………218

信号……………………………………………………………………225

粮秣主任………………………………………………………………231

母亲……………………………………………………………………238

张妈的梦

耐衣

这是什么暴风？瘟火？古老的南月村公然被它摧毁了，德盛伯家的、许多乡亲的房子都被烧得个精光，人也被杀得个精光。张妈同她的二女儿虽幸而免于被杀死，但她看到这劫后的南月村的零乱，在她想来这也许就是要"天翻地覆"了。

这暴风、瘟火从什么地方吹了来？"也许是八路军兜来的？不！京里、省里许多大地方，不听说早已成了这样子吗？那儿是没有八路军的。可是，王三爷为什么又说鬼子只烧杀八路军驻过的村庄？"在张妈这儿确是一个不能解的谜。

她所住的小屋里撒满了乱杂的草、树叶、秸秆，从那些里面透出了使人窒息的臭气。箱柜完全打碎了，木屑、木板到处零乱着，这是她自己的嫁妆，虽然一般人看来已陈旧得不堪了，在张妈的意思，是要将它从新漆过，做年底二女儿出嫁时的嫁妆的，可是现在完了！这怎么办？"八路军不来驻，至少这些东西不会损坏。"私心的愚蠢压迫着她那简单的理性。

她从一个很阴暗的地洞里面取出了一升已有着红霉的棒子，预备压碎了来做今天的晚饭。可是她现在一个人已不能推动碾子了，她需要她的二女儿来帮忙。

在早晨回来时，女儿就被王三爷家叫去了，王三爷亲自请过去的，说替他家帮忙做点儿事，不知为什么现在还不回来。

"银香——银香——"

张妈跑出门望着前街喊叫，从对面紫栗色的山腰里逼转来了她自己的回声："银香——"她所听到的也就只有这样的回声。

"天快黑了,什么事还没干完呢?"

她拐动了瘦弱的小脚,决定到王三爷家去叫女儿回来。

从前街口上,一个人对着张妈踉跄地跑过来了,彼此越走越近,张妈看清楚了来者是她的大女婿王兴发。"这孩子是在哪儿喝醉酒了?"她看着女婿踉跄的步子、古铜色的面皮、狼一般的眼睛,她想他一定喝酒了。

"兴发!你到哪儿去?"

"我来望望你,我……参加八路军去!"兴发的呼吸急喘着。

"参加八路军……"这可真把张妈骇了一跳,她眼前即时浮现出一幅悲惨的图画。"完了,大女儿金花的命快要被断送了,王三爷说过,谁家有人参加抗日军,谁全家就要被杀。"

"是谁给你的主意?"

"我……我自己!"

张妈被她女婿尖厉的回答愣住了,半天后,她终于说出了要说的话。

"你……兴发!你不能去!你不能害了我的金花!"她呆望着她的女婿,女婿并没有理她,而似在回忆一个片刻都未能忘的过去,他狞笑着:"金花……金花!……"他的声音凄厉地颤抖着,但也颤抖着张妈的心。

"她被鬼子糟蹋了!七个鬼子轮流地糟蹋了她,她死了!……死了!"

"啊!——"一声尖锐的叫喊后,张妈眼前突然一阵黑色,她昏倒了,兴发急骤地转过身来,慢慢地从地上扶起了张妈。

"丈母!你……醒来!醒来!"

"呵!"张妈若从梦里醒来一般。不!不是醒来,是一只罪恶的血手抓破了她和平的梦想。

"禽兽！禽兽！"血的教训使她立刻挣脱了王三爷所布的欺骗的丝网。王兴发所住的村庄并没有驻过八路军，但是金花被鬼子糟蹋死了。

"金花真的死了？……禽兽！"

"死了！我们全村的房子也烧光了！"女婿的声音非常地沉痛，张妈想着"王三爷把我们骗了，全是假话！"她有很多话想要说，可是口终像被什么封闭了，她良心上蒙上了一层羞耻，她痛苦地谴责着自己的无知，她更恼恨着"王三爷把我骗了"。

"你老人家不要再睡在鼓里做梦了吧！"怒火在女婿的心里燃烧。呵！周身的每个细胞都被怒火烧着了。

"我要参加八路军去，我不能再像羊一样让人来宰割，我不是蠢猪，为什么要在屠户的刀下求饶？"他全身的筋肉都抽缩了，"我去！我马上参加八路军去，为金花报仇，为千百万同胞报仇！"

枪声不知从什么地方传了来，也不知消失在什么地方，前山的高空里飞过了一群鸿雁，戛然长鸣着。

"丈母！我去了！丈母！"女婿挺然地站起来走了。

"好——"女婿的身影渐渐消失，张妈望着天空作了一个长揖，眼睛闭了下来，默默地说："老天爷会保佑你的！"

她走到王三爷家里，里面人影子也没有一个，张妈的心冰冷了，"银香——"屋子里是死了样的。她知道出了岔儿，她被沉溺在凄凉的海里了，她仇恨着"王三爷这个遭天杀的"！

天黑了，夜像猫头鹰一样，悄悄地掠过了大地，一切的河山、树木、田野，都被黑暗吞噬了，死寂的恐怖的夜呵！只有永恒的流水在不平的河底处发出了怒吼："河底终久是要平的哟！"

"银香——银香——"

黑暗静谧的四野清晰地传来了恐怖而颤弱地回应："银香——"

是冷酷的监狱的深宵,囚犯在呼着冤枉;是一只迷途的羔羊在黑暗无底的深渊里哀鸣呵!

半个月后,银香被女婿王兴发送了回来。女婿现在是穿着灰制服、挂着大枪了,臂上还佩戴着两个耀人眼睛的字"八路"。据说八路军某部在伏击敌人的一个战斗中扣下了数十辆汽车,银香同着本村里的春兰姐和木匠李长发的媳妇……就像其他物品一样,被放在一辆汽车上。张妈看到现在唯一的女儿仍就回来了,是八路军把她从鬼子手里夺回来的,她有些惭愧,也更加感激。确实,笨拙窒塞了她的真情燃烧到外面来,她流泪了:"八路军才真是咱们自己的队伍,我死也不听那些遭天杀的人的话了,就算鬼子马上来杀了我,我也是赞成八路军!"

泪水仍渍在她的双颊,她最后的表示是向天空作了一个揖,默默地说:"老天爷应该保佑他们的。"

(《抗敌报》1938年12月6日,《海燕》副刊第7号)

陈继南的下场

去年八月初几里，日本鬼子从曲阳党城来到了王快。鬼子一看，心里不由发慌，街上阴森森的，鬼也不见一个，所有屋里全是空的，粮食、家具……什么也没有，来时带的粮食本来就不多，满想占了王快可以弄点儿吃的，谁知道是什么也没得到，带的粮食吃完了，就不免要挨饿。日本大官连忙找汉奸刘三来商量。刘三一听连连口称不要紧，这件事情有我一人担当，我去找人成立一个维持会，用不上两天全妥当，包管粮食炭火样样齐全。

日本大官闻听心欢喜，连叫刘三两三番，成功之后有重赏，一定给你大洋五十元。刘三听说有赏心花怒放，连将狗头不住地点，立刻迈开两条走狗腿，向着村北的山沟中钻，假装逃难的老百姓，去骗那些好哄的老百姓，回来给日本鬼子把差办。

在第二天，刘三回到王快，领着一批看不开的老百姓，强迫他们成立了维持会，专门给日本鬼子支应差事，得了日本鬼子的赏金。

按下汉奸刘三且不表，单说维持会长陈继南，现在才知上了当，满肚的苦水不能言，悔不该听了刘三的花言巧语回到王快，先只望回家过过安生日子，谁知专替鬼子办差，成天打骂不得闲；先以为日本鬼子待百姓，不打不骂不要百姓支应差事，这才知道连打还加骂，一点儿不好就要枪毙，比起土匪还野蛮；有心私自逃走了，又只怕被鬼子捉回，砍头枪毙一命完。万般无奈，罢！罢！罢！亦忍气吞声地"侍奉"他们几天。

到了十月初四日，八路军同游击队反攻到了王快村边，一边机关枪步枪"嗒嗒嗒"地不住响，又听见手榴弹轰啊轰地震成一片，日本鬼子着了慌，来不及收拾就往下窜。陈继南此时吓得浑身抖，脸色青白牙打战,怕只怕中国军队回来了,拿住算账命要完。想了一想咬咬牙,跑去哀求日本军官,跪在地下求救命,要求鬼子带他一齐窜,免被八路军捉住受苦难。鬼子大官一听面色变,吩咐两边绑起莫迟延:"他能给我们当走狗,一定也能给中国军队当侦探,拉将下去一刀送他上黄泉,免得他将我们的消息报告给八路军官。"说话之间来得快,大刀一举人头落,陈继南的身首分在两边。这才是:当汉奸终无好下场。

(《抗敌报》1939年1月1日,《老百姓》副刊第7期)

杀死他们，杀死他们！

天色已不早啦，可是太阳还没有落下去。在平山西回舍镇东边的一个村子里，男人们这时大都还没有回到家里来，有的是为公事应差去了，有的是为自个儿的私事到外面去了。女人们，不管是上了年纪的老太太、年轻的娘儿们，这时三个两个的都各自在推着碾子碾棒子，拿来做晚饭和明天早饭用；也有的在碾麦子，准备拿来过年吃，稍补补一年来的受苦；也有的在忙着给抗日军做鞋子。她们说："天气这样冷，咱们自己没有鞋子，也可真熬不住。"那儿童团的黑三子则正拿着梭镖，动也不动地站在村口上。平常他总是到处乱跑乱跳，只有在这个站岗的时候他是规矩的，这时你要去开他的心、玩儿，他可要板着嘴不欢喜地对你说："不要来同我闹，让汉奸偷过去了，可不是玩儿。"

忽然，黑三子从村口连哭带叫地跑回来了，他叫着："啊！新来哥！娘！穿黄衣服的鬼子来了呵！"经他这一叫，妇女们都抛下了棒子麦子，逃进自己家里去了。说也快，不一会儿，当真鬼子就到了村外了。鬼子用了些人把村的四面八方看守后，有一些就进村来了。到村里面后，鬼子又三个四个地分开了，钻进老百姓家里去了。头些时候，狗子的叫声还从这个屋子那个屋子传了出来，在几声枪声后，狗子就都像死去了，真没有一点儿气息了。可是很快地，一阵叫救命的声音从各屋子里传了出来，完全是妇女在叫，不过中间也有一声两声是男人和孩子的，可是就是一声两声就完了，有的是哑着嗓子，这是上了年纪的老太太；有的声音又非常尖，这是十二三的小姑娘；还有的声音比较大，这是些中年的娘儿们。这些惨叫的声音越来越多，听起来真是凄惨得很，好像一切东西都已经哭了起来，全村的屋子在哭,村后面的山、树在哭,村前面小河里的水在哭。他妈的!哎呀!真是太凄惨了,天也在哭。

一会儿,鬼子——那些野兽们很得意地从各屋子里三个四个走了出来,集合起走了。这村子里的人可没有再见到一个走到外面来,村子像死了的样。天黑了,吹着阴冷的风,使人毛骨悚然!

第二天早晨,有些男人回到村里来了。当他们进屋去了再出来时,眼睛都红了,只见他们都像疯了一样地你向我说,我向你说:

"祥哥!我要杀死这些野兽,黑三子和他的娘都被弄死在炕上,妈的——!"

"老大!这些遭天杀的,我的娘被糟蹋后,上吊死了,我要报仇!"

"梁老三,我的妹在井里淹死了,还是赤身露体的,他妈的!杀死他们吧!"

"我的娘呵!""香芸妹!""三嫂呵!""孩子的娘呢?"

这呼声越加多起来了,人渐渐集在一块儿,大家一齐又疯了一样地嚷了起来:

"杀死他们!""杀死他们!""杀死这些野兽!"

(《抗敌报》1939年1月22日,《老百姓》副刊第12期)

张老头儿当游击队

张老头儿看过几次欢送抗日军上前线后，自己真有些眼红，暗地里埋怨自己，为什么不生出几个好儿子。

欢送抗日军可真够有劲儿哩。农会来了，工会来了，青年会来了，妇女会也来了，还有什么区长啰、科长啰，都来了。新加入抗日军的那些小伙子穿着妇女会送来的新鞋新袜，还有农会工会送来的新手套新手巾，雄赳赳地挺直地站着，好不威风。

再说，有一两个儿子当抗日军，逢年过节也少不了有人来问候，还有什么"代耕团"啦、"义务队"啦，种旺种地也不着忙。左邻右舍哪一个不夸奖两句"有种"。新年里头县政府请客也少不了抗日军的家里人，县长、科长亲自来斟酒，三不两时，还要得到一些什么慰劳的东西。"好男要当兵，好铁要打钉"，这话是一点儿也不错的。

张老头儿想来想去想不通，只怪自己没有儿子，年纪老了不中用，心里一横，自己也参加游击队去了。

（《抗敌报》1939 年 1 月 22 日，《老百姓》副刊第 12 期）

刘老三捐救国公粮

阜平有个刘老三，他是个裁缝，为人忠实厚道。他的母亲六十多岁了，他有一个老婆、一个三岁的孩子，他每年做活赚的钱够一家过日子的。

自从日本鬼子打到中国来之后，刘老三就气得不得了。听到日本鬼子奸淫抢掠的事，更是恨日本鬼子。他的村里，一遇到有帮助抗日军的事，他就头一个答应，只要刘老三能干得来的，他没有不干的，抬伤兵、送粮草、带路送信……他说："我现在不能走到前线上去和鬼子拼命，我还不能干这一点儿小事吗？中国现在大家都是一条心了，如不拼命把鬼子赶出去，中国就好不了。"

边区政府要捐救国公粮，为的是给抗日军队吃，刘老三一听见这个消息，马上眉开眼笑，说："我还有半年的工钱，这时不捐还等着什么？打走了鬼子大家再享福吧。"他先和他的妈妈商量，他妈妈不答应。他又和他老婆商量，他的老婆也不愿意。他心里一想，主意拿定，便把他的妈妈和老婆找到一块儿，说："俺决心把这半年的工钱捐出来，这年头儿，打鬼子是大事，鬼子打不跑，什么也不用提。我们中国人现在都一个心眼儿——打鬼子，有力的出力，有钱的出钱。鬼子打走了，我们的日子比现在还要好。"说得他的妈妈点头答应，老婆也说："你的主意很好。"刘老三从箱子底拿出来半年的工钱送到县政府去，算是刘老三捐的救国公粮。

人家听说了这件事，都异口同声说："刘老三才是爱国的人。"

（《抗敌报》1939年1月22日，《老百姓》副刊第12期）

村长万福贵

万福贵是个没有钱的人,每年靠佃东家几亩地来过活,他今年四十五岁,在田地里边受苦几十年了。前些日子选举村长,因为万福贵为人忠厚、办事热心,就在涞源△△村被选做起村长来。

说起万福贵这个村长,那真是顶呱呱的村长。他听人家说,当公事就好像做长工,要好好地替大伙儿办事,同时他自己过去受过苦来,知道我们大伙儿的苦痛,所以办起事来一定要先同大伙儿商量好了才去做。大伙儿都赞成他,他不冤枉谁、不压迫谁、不袒护谁,真是公平得很。

他做起事来,又努力、又认真,他常常为了公家的事跑一天半天路,一点儿也不说辛苦,因为他知道他自己办公事是为了打日本鬼子。他常常说:"俺办一点儿小公事、多走两步路算不得什么,许多抗日军都还在前线上拼命呢!"在募救国公债的时候,他每次都是和县里来的人一道儿到有钱人的家里去,一次两次地向他们说,请他们多买一点儿。结果,救国公债他这一个小村子里买得特别多。募救国公粮来了,他赶紧把每家都调查清楚,自己先交出来,大伙儿都看着他的榜样一齐交出了。咱们八路军过路,买粮买草,他都尽力帮忙。到了打起仗来的时候,他就办担架队,送慰劳品,好多在这儿打过仗的军队都莫不知道万福贵是顶呱呱的。

这些日子,各地又要改选村长了,听说△△村大伙儿这一回还是要选举万福贵做村长呢。

(《抗敌报》1939年1月26日,《老百姓》副刊第13期)

真死得不值!

在涞源的一个村里,这个村名俺可忘记了,有一家姓张的,他家有三弟兄,顶大的一个今年二十五岁,顶小的二十岁,真都是年轻力壮、顶结实的小伙子。

他们的邻家王兴顺是个四十来岁的厚道人,一天,来约他们去参加抗日义勇军,经过王兴顺再三再四地说,结果张家三弟兄像一点儿理儿也不懂似的,高低都不去,认为当兵没有好处,"好男不当兵",他们三个都一齐这样地说。最气得死人的是他们说:"打什么仗,当百姓的反正哪家都是纳粮。"这种不开通的混话,王兴顺听了当时直气得哇啦哇啦地叫,半天透不过气来。在这时王兴顺很气愤地说:"你们不去,以后莫要后悔,俺是死也要为国家和祖宗出这口气的。"说完后,抽身就走了。

后来,鬼子打到了他们这儿,他们三弟兄仍旧待在屋里,以为不会有什么事,像他们打定的主意一样,纳粮就得啦!可是,事情偏偏奇怪:在第二天,他们三弟兄竟被鬼子搜索去杀了,不,听说是用干草棒绑起来烧死的。

鬼子到后,没几天工夫,八路军赶来把鬼子打走了,事又凑巧,王兴顺就在这个部队里。王兴顺当天,雄赳赳地就要跑去看邻家张家三弟兄。到了张家屋子,王兴顺扑了个空,鬼也没见到一个,向村里一打听,才知道张家三弟兄全被鬼子弄死了。王兴顺叹了口气,很丧气地自言自语地说:"嗳!俺那时叫你们不要后悔,可是如今后悔都来不及!真死得不值。"

(《抗敌报》1939 年 2 月 7 日,《老百姓》副刊第 15 期)

杨 老 头 儿

"过年过得好吧?"

我这一问,杨老头儿皱一皱眉,吸了一口烟,大声地回答我说:"唔!过年哟!"

我接着又问了一句:"今年过年比往年不一样吧?是不是老先生?"

杨老头儿连着吸了几口烟,眼看着面前立碾子的小毛驴,他没有听见我的问话,他说他的小毛驴了:"你看,俺这头驴现在越吃越胖了,拉碾子很有劲儿啦!"

我知道他是没听见,转过头去,稍大声着又问:"我说呀,今年过年比往年不一样吧?日本鬼子闹得咱们大家都不得安生!……"

这回他可听见了,他看着我,用右手把我的肩膀一拍,说道:"谁不说哩,日本人这么不说理,咦!"他吸一口烟接着说:"人家上边说这理儿对,日本人不讲理,横行霸道,烧我们的村子,杨家村不是给鬼子烧光了吗?他这样害我们、欺负人,老理儿也说'好汉不吃眼下亏',上边出主意要长年打日本,是理儿。"

这老头儿是这么会说,并且他还问了我这么一句:"你说这理儿是不是?"

"是,我们打日本就好比捉王八,王八钻泥坑,它想可以任意行动,横冲直撞,哪里想到越钻得深越跑不脱,捉王八的一铁叉就……"

老头儿打断我的话,说:"就叉到啦!唔!""它们到我们中国来也横冲直撞,这时候我们先慢慢打,一年两年,它快松劲儿了,我们就全国里兵越多了、心更齐了,那时候打败鬼子就像叉王八那么得手,它真跑不了啦!"

"我早就明白了,小三子十月庙上就跟我说愿意当兵打日本去,当时我身子不大好,后来他又说要去,我说你去吧,我在家里……今天村长间长给我送来两篮子干粮、三刀肉,说是乡亲们送我的,大家的好意,我又不能不收。腊八日那天,俺小三子——他现在灵寿平山一带打鬼子哩——捎回一封信来说,他们那一连在慈峪杀死好几十个日本兵,他又说不打败鬼子不回家。"

杨老头儿吸口烟又说:"我不想他,他娘现时也不想他了,他愿意当兵打日本就好,家里不缺吃,常常有乡亲们送东西来,我倒有点儿不好意思!"

"哪里话,应该的。"

他越说越亲切,又拍我的肩膀,"往年过年像俺们这人家哪割过十几斤肉吃,今年乡亲们给送的肉、豆腐、白菜,我们老俩儿一月也吃不清。——好吧、歹吧,小三子结结实实的,多打死几个鬼子,给人们出出气,把鬼子打败了才行哩,你看他们又杀又烧,我们实在不能倒背着手让人打。听说洪子店的鬼子给我们八路军打得几百几百地死,吓得他们不敢轻易出来了。日本鬼子必是软的欺、硬的怕,我们的兵跟自卫队要真的使劲死打他们,两年、三年,鬼子总要吃败仗,这理儿我早看透了。前日麻子红也跟我说愿意加入八路军去打日本,托我向他爹说说,趁过年的时候,我要同他爹细说说,让他去"。

…………

(《抗敌报》1939年2月21日,《老百姓》副刊第17期)

李老大参加垦荒团

李老大家里很贫，往年老是闹饥荒，今年却阔气起来，小米、棒子、山药，一年到头也吃不清，还捐几斗小米去慰劳了抗日军人家属。有的不知底细的人觉得有一些奇怪，好像李老大时运转了，有菩萨在保佑他一样。其实菩萨倒不管人间事，如果真的天下有菩萨的话，那日本鬼子杀人放火，他为什么不管一管呢？所以李老大今年阔气起来，不是菩萨保佑他，是他自己去找来的。

去年春天，咱们边区春耕运动实行起来，好多饥荒人都加入了垦荒团去开荒地，李老大自己种地不多，也就加入了。他自己和大伙子一道，非常卖力，结果他一个人开了好几亩荒地，还给抗日军人家属耕种了一亩多。他本来没有犁哪、牛啦、种子啦这些东西的，可是农会借给了他。开好荒地，种好种子，到秋天就收割了，棒子啦、小米啦、山药啦，一下子就收了好几石。李老大真是欢喜得了不得，慷慷慨慨地捐了五斗给抗日军人家属。从此李老大家里不闹饥荒了，一天一天地阔气起来。他对人家说："我李老大受苦了几十年，从来没有遇到这样的事情，明年的春耕运动我一定要加入，老婆孩子也让他们去开荒。我过去只说受苦的人天保佑，哪知道要不受苦还得自己去找，如果我去年不参加垦荒团，今年怕还要闹饥荒呢！"

可见李老大今年不闹饥荒，阔气起来都是参加垦荒团得来的。

（《抗敌报》1939 年 3 月 1 日，《老百姓》副刊第 18 期）

要办春耕突击队

天快要黑啦，放羊的回来了，黑的山羊、白的绵羊，一共有百来只吧。它们一边走，一边挤，一边还拉着粪，真像盛黑豆的袋子有了漏洞一样。

在羊圈门外的空地里，有几个老头儿在闲谈。老头儿陈功德，当他自己的那只老绵羊走过他身边时，那老绵羊伸起了头来不住地用嘴去舐老头儿的手，老头儿一边摸着绵羊，一边还是尽管在说自己的话：

"春耕，我们还要成立个突击队才好！突击队那真有劲儿，以往十个人耕种的地，可是在突击队，五个人就把它弄完了，也只花得一天工夫。唔，不要看我来，在突击队里做起活来时倒也同小伙子差不多哩！"

在陈功德旁边的杨兴发赶快接了过去说："对是对，依俺看，今年还得要把全村青年小伙子都使到地里去做活才行，站岗都让妇女来代替，反正有些妇女不能到地里去。"

陈功德又说："这个对！是这样，顶好我们马上就向村长和农会主任说，叫他们早点儿着手动员。"

羊都进了圈，门也关上了，老头儿们各自都回家去了。

(《抗敌报》1939年3月1日，《老百姓》副刊第18期)

王德银一不做二不休

郭庄离铁路很近，鬼子见天地十个八个地到这个村子来找女人，发泄他们的兽欲。到眼前为止，这个村子的妇女差不多已有半数是让鬼子糟蹋过。说起来真是叫人难受极了！这回惨事把这村子的有些不大明理儿的老百姓教明白了过来，知道鬼子那套假意殷勤的话是不能再相信了。这样，这些老百姓都对鬼子狠了心。可是这些人中间，顶那个的还是要算王德银，他不但老婆让鬼子给糟蹋了，连他十三岁的妹子也给鬼子奸淫了。

有一天，不知王德银从哪里弄来了两个手榴弹，□将那准备拿来做劈柴的一节木头，一头都挖下了一个洞，把两个手榴弹放在里面后，他约了隔壁的四小子，扛在隔家二里路的一个树林的中间放了下来，这中间就是从铁路车站到他们村里必经的一条路。放好后，他又用细麻绳把两个手榴弹的引线系上，这之后他才同四小子俩各个牵了一根系着引线的麻绳，在树林的土坎后面躲了起来。大概是在吃晚饭的时候，树林里已有些迷糊了，六个不知死活的鬼子依旧像往天一样摇摇摆摆地从树林那边走了前来。这些王八蛋真是做梦也没想到今天会死，木头里面会爆炸出手榴弹来。等着他们一走到那木头跟前，说时迟，那时快，只见那躲在两边土坎后面的王德银和四小子俩马上各将麻绳一拉，轰然一声，木块和手榴弹的铁片一齐飞了起来，简直是一个晴天霹雳。随着响声，六个鬼子叫妈都赶不上叫一声就都倒了下去。可是，当王德银他俩跑拢去看时，其中的一个鬼子竟还没死，要挣着起来。王德银哪敢怠慢，急忙上前按住，从倒在身旁的另一个鬼子身上掏出手枪来将他结果了。

这事情过后，王德银一想：鬼子并不怎么真的了不起，何况大丈夫做事，要一不做、二不休，干就干到底，加上这又是为了民族和国家，以及自个儿家庭。于是他就约合了很多乡亲，索性干起了游击队来。

（《抗敌报》1939年4月10日，《老百姓》副刊第22期）

张大林种地捉汉奸

张大林和二拴子种了半天地，人也累了，便坐在路边的田埂上，拿出烟袋，抽起烟来。恰巧这时候打路的西头来了一个人，肩上横挎一个布袋，手里拿着两盒烟卷。二拴子一眨看见有些奇怪，便对张大林说："这家伙是个'四不像'，不像兵，不像老百姓，也不像小买卖人，是啥地方来的？"张大林一见也说："咦！这家伙有来头，我们盘查吧。"

两个人走到路上来和那个人迎了个当面："喂！到哪里去？有路条没有？"

"到△△去卖烟卷。路条吗？有，有。"那个人不慌不忙地从口袋里拿出路条来。二拴子不识字，一看，上面又长又大的一个图章。张大林认字不多，一想，"看条子吧"。这一来张大林可惑疑了，"怎么这个'四月'的'四'字是改的呢，好像是三月改的？"再一看，"限期十天"，这个"十"字也不对，张大林决定下来，要带他到村里去，便对那个人说："老乡！咱不认得字，你和我到村里去看一看吧。"那个人有些迟疑，二拴子也惑疑起来说："去吧！老乡。"那个人再也不能不走了，只好跟着张大林走，二拴子拿着锄、耙，在后面跟着。

到了村上，农会主任就盘问起他来，不盘问倒不打紧，这一盘问可盘问出底细来。

村公所的人认为他有嫌疑，便送他到区公所去审问他，他死也不承认，狡猾得很。这时区公所里又捉到一个汉奸，一对质，他再也不能强辩了，区公所便把这个敌人的侦探送到县里去处罪。

（《抗敌报》1939年4月22日，《老百姓》副刊第23期）

胡三子献公鸡

胡三子好几天来过得不痛快,眼看着别人在"义卖"哪、献金哪、救国哪,自己却没办法献出钱来。

"饥荒人同样是要救国的,自个儿得想办法找出一点儿钱来,也拿去献给政府……"

胡三子想着想着,成天地想,但是钱从哪里来呢?欠了王家的债还没有还,家里面净吃白杨叶……想来想去,真是想不通,想不通还是再想,胡三子好像肩头上有个大担子,担起了放不下来。

隔壁的那个农会主任刚从××镇回来,又和胡三子聊天了。他说:"胡三子,今天××镇的献金真热闹呢,迟早俺们村也得来一个才好,咱们小村庄老百姓也要救国哪!"

"唔!"胡三子没有回答,心里面怪难过。

"唉!饥荒人真是心有余而力不足,能够找出一点儿钱来献给政府打日本,多好啊!俺总得想个办法。"胡三子还是在想着。

胡三子一连想了几天,还是没办法。村里的救国献金开始了,隔壁邻舍个个都在献,一角两角、一块半块的,好不热闹。胡三子气来了,一股劲儿跑回家里,自言自语地说:"俺胡三子饿肚子也得救国!"

胡三子走回屋里,一眼瞧见了炕头小篮里面还有几个鸡子,心里忽然想,家里面还有一只大公鸡呢。胡三子心里乐了,"就把这家伙拿去献了吧!"

胡三子捉住了大公鸡后,肩上的担子轻了五十斤,又一股劲儿跑到村救亡室那里去,他不管人家献多少钱,他一挤就挤到×主任面前。

"×主任,俺胡三子没有钱献,拿出这一只公鸡和几个鸡子来,把它卖了献给政府,或是把它献给抗日军,都凭你们的便。"胡三子

说完，放下鸡和鸡子要跑，却被农会主任扯住了。

"胡三子是俺农会的好会员，大家得学一学……"

会场里鼓起掌来，胡三子一溜烟朝家里跑了。

胡三子肩上的担子放下了，却又有些惭愧起来。

（《抗敌报》1939年5月8日，《老百姓》副刊第24期）

参加八路军

陈老一

张家庄二狗子刚从城里赶集回来，一群小伙子把他堵在街口，逼他报告消息，二狗子没有法儿，就对大家说："八路军真能干，胜仗一天比一天多！报上登的这儿打死鬼子八百，那儿打死五百，添上零碎的胜仗，就在这半月里边，打死的鬼子顶少有两千多。游击战、持久战，再打几年，日本就要变成寡妇国了！那时候娶个日本老婆，价总该便宜些，总是外国味儿吧。"

二狗刚说完，福海子看了他一眼，骂道："不要脸的东西，什么时候也忘不了老婆！"紧跟着满脸麻子的天喜子皱着眉头说："胜仗不是白打的，那都是武装同志们的胳膊、血肉、脑袋换来的，谁敢担保打胜仗的总不会死？不过死得少些就完了。"福海子又紧接着插来一句："少死总比多死强，可是天长日久了，也了不得。"二狗子早想找个空儿顶他一句，马上使劲地说："中国有的是人，小日本哪能比过中国去！"

大家正在嘈成一堆的时候，一个名叫王富春的板着脸子说："光是人多也不沾，还得愿意参加队伍，拿起枪杆来打日本去，才顶事呢！老实对你们说，我二哥明天走，要参加八路军，我也打算和他一块儿去。我们东街同去的还有李□虎。"

王富春刚说完，福海子好像不服气的样子，站起来摩拳擦掌地说："这年头儿谁不知道打日本是漂亮事？谁不知道军队是要靠老百姓补充的？谁不知道打走日本、保卫家乡、当兵是顶要紧的事？你看咱们庄里，这些时候谁家不是谈论这个事？张大娘送他二儿子去当兵，王二婶劝她弟弟去当兵。不瞒你们，天狗、天喜，我们三人昨天在对面山坡上已经发过誓,三五天一块儿去干八路军,到打仗的时候,谁不卖劲儿,谁就不是人养的!王富春你要知道,假如不好好打鬼子,教他们到咱们这儿来,看他妈你那个新媳妇教谁干!"

隔了三五天,张家庄果然热闹了,乡公所、农会、妇会、青抗先的工作人员和全村的老百姓,一共三百多人在山坡上开欢送新战士参加军队的大会。当场有送鞋袜的,有送鸡蛋的,也有送白面馍馍的。一个有钱的老农夫当场掏出两块边区票儿来,送他们做路费。

又隔了几天,八路军的一个司令部开大会,说是欢迎新战士入伍大会。这天新战士有二百七十四人,都是自己从边区各地方来的。这会更热闹了,唱歌、演戏、开玩笑,二十几条长桌子上摆着瓜子、花生、红绿色的洋糖,还有从日本鬼子那儿抢过来的烟卷、洋点心、几块钱一斤的茶叶。后来司令员、政治主任,还有些老战士说了很多欢迎大家的话,大家才坐下,吃瓜子、抽烟,说着、笑着、唱着,一直闹到半夜才开完这个欢迎会。

(《抗敌报》1939 年 5 月 30 日,《老百姓》副刊第 25 期)

麦田里捉汉奸

周二

李二牛去赶了集回来,天色已经晚了,月亮高高地挂在山头,照着满地金黄的麦田。

市集上的风声有些不好,日本鬼子又要从××向××进攻了,李二牛听到后,装了满肚子的不快活。在回家的路上,他一边走一边想着今年麦子还可以,借李大成那两斗可以还了。"妈妈的,麦子刚成熟,小日本这些王八羔子又要来了!……"他一个人独自地骂起来。

快到村子了,李二牛想起要到麦田去看一看。当李二牛快要走到的时候,忽然发现麦田有些异样,好像真有个什么东西在那里,再仔细一看,原来有一个人躺在麦田里。李二牛一问,那人站起来就跑,李二牛忙人无计,一阵乱嚷,村旁站岗的自卫队跑过来,两头一截,刚好把那个人捉住了。

带到村公所里,村长盘问起来,他牛头不对马嘴地说了一大套。

李二牛说:"检查一下吧!检查一下……"

村长和自卫队长在那人身上检查出一块红布、一盒洋火、一个牛皮纸包来。

农会主任打开了那个纸包一看,真是奇怪,里面有几百个玻璃小瓶,都是蓝色、黄色和白色的,大约有两分长,两头尖。

"咦!这不是日本强盗派来放毒的汉奸吗?你看,这些小瓶正跟上月从这里过路的张队长说的一样。"

"对的!是个汉奸,把他送到区公所!"

"那块红布是替飞机打信号的,那盒火柴呢?……"

"呵!说洋火吗?一定是烧麦田的啦!"李二牛赶紧地说了出来。

汉奸送走了。李二牛回到家里吃了夜饭,上炕睡觉,可是怎么也睡不着,心上好像放了一块石头,老是放不下心,他想呀想的,几乎骂出来:"滚他妈的,这些日本小王八羔子又……"

"不行,俺明天得找青救会主任叫儿童团办看麦队,俺村里的麦子可不能让汉奸来烧掉的!……"

他自言自语了半天,渐渐地睡着了。

(《抗敌报》1939年6月13日,《老百姓》副刊第26期)

吴三黑和老婆儿子的闲谈

陈乐浦

这天下雨，吴三黑坐在炕上，面对着他家窗户外的麦子和老婆孩子闲谈："麦子眼看就熟了，这比过大年都高兴！想起去年种麦的时候，咱们庄里那个汉奸劝咱种棉花，棉花卖得钱多，日本很高兴买棉花。他娘，要是我听了他的话，棉花怎么往出卖！就算卖出去，换几张□□票、汉奸票，也□□□了他们棉花，一□□□些鬼票子除了擦屁股能有什么用处？麦子没有种，票子不能花，那真要活饿死！就算自己家对付够吃，那也不沾呀！这许多抗日工作人员、武装同志，他们能从山南海北带上粮食来抗日吗？他们的给养不靠老百姓靠谁呢？说到这里，我越看麦子，心里越高兴。老百姓和抗日战士不愁没有饭吃，这对于长期抗战的帮助真不算小！返回来瞧瞧日本鬼子，他们没有多少地能种棉花，咱们的地里也不种棉花，就是多少种些，也都是咱们自己用，不卖给他们，看他娘日本鬼子用什么制造炮药！"

老婆把切菜刀放下来，说道："你光会给你们男子汉吹！要不是俺们女自卫队站岗、查路条，汉奸早在这里活动起来了！再说，男子汉再能打仗，光脚板儿也爬不了山，那一双双的新布鞋，不是妇救会的工作做得好，同志们还能一双又一双地穿上吗？"

吴三黑的老婆还没有说完，他大儿子也插上嘴来："爹娘说得都对。不过假如没有咱们基干自卫队、游击队、部队同志，你想种麦子也种不上。要不是他们天天打仗、保卫咱们，你看那些日本鬼子来了，谁敢说不种棉花？谁能够把汉奸捉住？去年能种上麦子，这主要是武装保卫的功劳！"

这时候，吴三黑忽然放下烟袋，好像有事的样子，伸了一伸脖子又说道:"真的,这些时候日本鬼子拼命地打咱们边区,要是教他打进来,这麦子不是给日本种了吗?日本鬼子那种浑蛋玩意儿,他们一定会在麦收的时候到处骚扰,不教咱们把麦子好好地收割到家里!昨天咱们村里开大会,主席说:'麦收的时候快到了,咱们的各样工作应该格外加油!站岗、放哨、查路条,一定要更认真些,才能防备汉奸们给敌人通风报信儿,才能把汉奸的活动压下去;只要没有汉奸的活动,咱们这儿的工作计划、军事布置,敌人就不会知道一点儿。敌人摸不清咱们的各样情形,他就是瞎打,瞎打就得吃败仗!他碰上几次钉子以后就得等等再说,这样咱们便很快地把麦子收割到家里。你们看这几天,边区到处已经提出武装保卫麦收的口号来了。八路军这些时候打仗打得也格外凶,自然这对于咱们收割麦子有很大的功劳。可是咱们村里的游击小组、自卫队也得加紧侦探敌情,遇必要的时候抽出一部分来帮助军队作战;妇救会也得加紧做鞋。总而言之,必须大家格外卖劲儿,这武装保卫麦收的工作才能完成!'的确,主席说的这些话都很对!"吴三黑刚说到这里,村口东边来了一个人,吴三黑的老婆就跑出去要路条。接着吴三黑告诉他儿子:"我到农会开会去了,今天一定是讨论武装保卫麦收。"说完也走了。

(《抗敌报》1939年6月13日,《老百姓》副刊第26期)

走 活 路

连天下雨,不得出门。张秋福闷在家里胡思乱想,怪不痛快。忽然雨下小了,张秋福走出门来,想到村边去溜达溜达,刚到街口便看见一群人围着在东边戏台上,张秋福大步跑过去,把人群里一个戴小草帽的小伙子一拍,"嗨,老三,你们一群看什么哩?"

"秋福,快来听吧,两个小同志打着花鼓唱胡胡腔哩!刚才唱了一个《老汉从军》,说一个姓张的老头儿怎么受不过鬼子欺负去参加了抗日军的故事啦,太动人了,唱得也真不离儿。快听吧,现在又要唱啊!"老三说话很急,张秋福正闷得慌,听老三这一鼓动,便三步两步挤进人堆里,见两个大约十四五的小同志,一个大的敲着花鼓,一个小的打着铜钹儿,刚唱头一句:"天皇皇,地皇皇,鬼子兵来真遭殃——"

张秋福一听就带味儿,忙问别人:"这个唱的叫什么?"

"《走活路》《走活路》,你别问了,快听吧!"

等秋福转过头来,人家已唱过两句了:

…………

李家庄有个李二保,

双亲都在,全家安康,

自从鬼子兵占了新乐县哪,

三天两头来抢掠,

唉嗨咿呀嗨,

老百姓活活遭了殃呵!

五月里,麦苗黄,

鬼子兵来抢个光。

还要二保跟着进城厢，

说是随了日军多么"好"，

白面大米天天尝。

唉嗨咿呀嗨，

二保听了并不觉呵！

李二保，不慌张，

低头一想喜洋洋：

鬼子要我当伪军，

这条诡计对我还能用得上？

跟着鬼子还算人？

白走死路不应当。

唉嗨咿呀嗨，

二保不会把中国忘！

秋福正听得有味儿，到这里他们不唱了，秋福禁不住大声喊叫："接着唱呵，后来那个二保怎样办哩！快点儿！接着来呵！"

背花鼓的小同志见有人喊，便反问道："诸位想一想，二保要想报仇，要想走活路，他该怎么办呀？"

大家一齐应声喊"参加抗日军就是活路！"

（《抗敌报》1939年7月15日，《老百姓》副刊第27期）

贵尼子要一下子长大

四拐子没有爸爸,没有妈妈,也没有哥哥、姊姊。他家是个穷光蛋,自然是没有办法娶得老婆。现在同他一块儿过活的,就光是一个八岁的小弟弟贵尼子,贵尼子没有了爹娘的照顾,是全靠着哥哥过日子的,他喜欢他的哥哥就像喜欢他爹娘。

贵尼子是儿童团的团员,他会唱歌,懂得许多的政治问题。四拐子呢,是青抗先的队员,他常在黑夜同许多青年小伙子一块儿去扰乱敌人,去破坏铁道和汽路,可是在白日依旧做活,这样他白日黑夜都在干活了。"生在这个年月,要活在世上,要不受人欺侮,就得这样。"四拐子常常向他的同伴这样说。

不久以后,青抗先队要发动四拐子参加到部队里去。照说本来是没有什么问题,不过他很担心弟弟贵尼子的日子。后来青抗先队想出了一个办法,把他弟弟寄托在他舅母——村的妇救会主任家里,这样,当然四拐子是再没什么挂在心头了。就在这个事办好的第二天,他就去了部队。

住在舅母家里的贵尼子整天都是愁眉苦脸的,舅母以为他是想哥哥,过几天就会渐渐好的。哪知道贵尼子一天比一天不好起来,有时连饭也不吃。

昨天下午,他舅母看他两顿饭都没回来吃,晚饭刚吃完一碗,就丢了去找贵尼子。她走出门来,看见贵尼子坐在沙滩上,把头埋着,样子是在哭。她喊了两声没见答应,她赶忙跑了去,一看贵尼子一面哭,一面用指头接二连三地写了好多"打日本"。

"贵尼子,你想哥哥吗?他把日本鬼子打走了,就会回来的。走!回去吃饭。"舅母一壁问他,一壁就要拉他走。贵尼子把上身一摆,说："不，不想哥哥。"

"那你回去吃饭啦。"他舅母又拉他。

"不吃，我想一下子长大。干吗不一下长大，也同哥哥一样打日本？狗日的日本鬼子！"贵尼子哭了，舅母把他抱了起来，舅母的眼眶不自然地也红了。

（《抗敌报》1939年7月15日，《老百姓》副刊第27期）

商量救灾的办法

河水涨得那么大，雨还是拼命地下，哪个妇女不发愁呢？这年头儿没赶走鬼子，又闹灾荒，刘大嫂就非常担心会员的情绪不好，她常常安慰她们，妇救会总会给咱们想办法。

真的，今天天气刚放晴，妇救会就给来一封信，告诉了许多救济的办法，刘大嫂喜欢得跳起来，叫巧子和大毛找各委员和组长去。她自己还跑到寄生老婆家里，就她一个组长最不热心。刘大嫂刚进门就看见寄生在嚷着，寄生的老婆没好气，没等刘大嫂把话说完，她先硬着喉咙说："主任这年头儿还开什么会呢？田全给水冲了，就是鬼子不来还不是要坐着等死吗？开会又解决不了灾荒，我是没心情开会的。"

禁不起刘大嫂耐心地说服，寄生老婆只好跟着她走了。回到家里，房里已经堆了十几个人，寄成子的妈就叫："人到齐了，快些开会吧。"

刘大嫂当主席，就把区妇救会来信说的办法都告诉了大家。

爱妞子仰着头问刘大嫂："区妇救会说咱们成立互助村，我还弄不清那是什么意思呢？"

"呵！不是咱们有的人家受灾，有的村子和人家没受灾？现在把咱们这五个村子造成互助村，把谁家受灾情形都调查得清清楚楚，再决定那些没受灾的来救济她们，借椽子帮着盖房子。这年头儿咱们就得同心合力，只要大家肯干，多辛苦些、多挨些，就可以把灾荒补上。把日本鬼子赶走了，好的年头儿还在后边，当亡国奴是长年头儿的事，几辈子也翻不了身。寄生嫂受了灾就不想救国，这可是大大地不对。"刘大嫂说什么都是非常有理由。

寄成子的妈点着头："刘大嫂说得对，救济的办法可多着呢，只要大家肯干，用不着灰心丧气。寄成子的爸还告我在《抗敌报》上登着许多救济的好办法，都是踏踏实实能办到，也和区妇救信上说的差不多。什么节约运动啦，还可以向政府借种子，咱们庄稼人都是不懂，所以才灰心丧气，也不想救国了。所以咱们现在最重要的工作就是把这些办法向大家宣传，叫大家清楚，你们说对不对？"刘大嫂、爱妞子她们都笑起来了，还是农会主任的老婆沾，你看她什么都懂得多、懂得清楚。

刘大嫂忽然顶精神地告诉分队长："咱们这会儿可要加紧站岗放哨，别叫那些没良心的奸商把粮食偷卖给敌人。"大家都说对。

会已经开了两个多钟点，事情也讨论得差不多，刘大嫂做总结："姐妹们，咱们救济的办法也都有了，现在要咱们照着好好办。今天天也放晴了，晚上你们回去都开小组会，让大家明白了，明天就开始工作，大家伙儿合心合力挨过灾荒、打出鬼子，什么好光景口是咱们过的。寄生嫂你召集你那一组，我帮你开会。"刘大嫂她什么也想得周到。

寄生嫂不好意思地笑着："刘大嫂你可别怪我刚才不好，我想这年头儿真不好过。到底还是咱们妇救会有办法，我这会儿可相信了团体。"大家都是心满意足地干自己的事去了。

（《抗敌报》1939年8月12日，《边区妇女》副刊第3期）

刨去青草种荞麦

沙河的流水呀！

日夜流，流呀……流……

沙河发大水，

大水刮，坏年头儿。

我说呀：你冲了鬼子，

可不该淹咱家屋，

沙河的水流呀！

流呀，流呀，你流吧！

我翻过了你刮来的沙土，

我又要下种要秋收。

大水呵！

你和咱祖宗根就结下了仇，

我要同你拼到底，

那正是不打走鬼子，

誓不休！誓不休！……

天放晴啦，河水一天天地退去，给大水淹过了的土地，有些已可以去收拾出来，再给种别的东西的。桂子哥今天起早就在村的东头、他租别人的地上一边唱，一边做活，他赶忙地打算着明儿萝卜下了种。桂子哥真是一个有打算的人，这一次大水把他庄稼刮得干净，可是咱们从来没有看见桂子哥发过愁，真的，发愁又有啥用呢？再发愁些也不会从空中掉下吃的来。桂子哥也不像别人老是等着政府和群众团体来救济。桂子哥当然知道，咱政府和群众团体是非常关心咱们老百姓的日子，一定是要想办法来救济大家伙的。可是他想，在这个年月，政府和群众团体要领导咱们打鬼子，要干的事真多。咱们光靠政府和团体可也不好，万事总得自己先要想办法才沾。这就是桂子哥打定的主意，他是相信自己这个打算还靠得住呵。

桂子哥唱着歌子锄着地，尽管沙河的流水还在他旁边吵闹，这个是不能吓唬他的；鬼子的飞机也让他飞吧，这个他也不怕；他跟八路军一道儿见过鬼子好几次了，那鬼子的大炮和机关枪都正打着哩。当桂子哥锄到地边的时候，他看见路上有几个人走了过来。他跑过去。

"呵！会长！"他向那最前面的一个打招呼。

"呵！桂子！你干吗呀？"会长答应他并且还问他，"你家里的地怕也全刮了吧？"

"可不！那还用说？不过我预备马上种下一些杂粮哩，我想秋的时候总还可以收得些，把这年头儿凑合过去。"

"呵哟，你就动手了吗？那真好！不过独自个儿干，总不如大家伙儿组织起来好。比如没有哪样种子，别人有的可捎点儿给你，假若别人缺少人干活儿，你又可给人帮点儿忙，这不是大家伙儿都好了、有了办法吗？咱们这次来就是帮你们组织互助会和集体劳动队！同年生垦荒团那个差不多……"

"沾，好办法，我给你找地里的人回来云。"桂子哥不等会长说完就要走。这真的是好办法，桂子哥虽有他的主意，老实说来，他家里荞麦种子就没有，当然他赞成这种办法，何况年生他参加过垦荒团哩。

他是知道这办法的好处哪。

"你们组织好后，还有八路军的同志也要来帮你们的忙哩。好，你去找他们回来，咱们先到你村去啦。"会长说完同另外几个同志向村里去了。只见桂子哥跑到河滩，望着对面青芜芜的山上喝了几声后，一会儿，山上有几个人下来了，他们还拿着镢子，也在唱着：

咱们有力气,

咱们饿不了,

水给冲了咱的河滩,

咱开山腰。

你瞧,你等着瞧呀!

这满山的青草,

咱会叫它长成满山的荞麦。

满山的荞麦绿姣姣——

…………

打鬼子,打鬼子!

树叶、树皮也吃得饱啊!

咱们也会长得好。

…………

荞麦呀!绿姣姣……

　　　　　(《抗敌报》1939年8月16日,《老百姓》副刊第28期)

刘二成归根来了

手榴弹一箱箱的都堆放在供给处住的院里啦！经手的同志出来一查数，发现少了一箱，点起名来知道是刘二成这个家伙还没到。同志们一问大家知道不，大家你望我、我望你的，谁也没有答应。可是大家都悄悄地你问起我、我问起你来了。有的说："这个家伙一定是背不动，把箱子扔下悄悄地跑了。"有的又说："这个家伙死爱钱，说不定他拿去卖给人家啦？"可也有的说："这是公家的东西，同志们等着要拿去打仗的，怕他是背累了，在人家憩了下来，明儿总可以来。"有些不大相信这话，摆着头说了一声："可难说……"就掉过头去咽自己的口水去了。天是由青色渐渐就变黑啦。且不说这儿老乡的讨论纷纷，还是买看看刘二成归根在干吗。

刘二成同大家伙儿一道儿刚背着箱子走时，走得□也不慢，可是后来越走越不沾，渐渐跟不上啦，毕竟是上了点儿年纪，看到一个一个的老乡都上了他的前。这样，谁也没有觉察到，刘二成是跟不上掉队啦。

刘二成看到人家都先头走了，自己掉在后面，怪难受的，就不管三七二十一拼命地向前赶，哪晓得不赶还好些，一赶就越来越累，人家反越去越远。刘二成没办法，只好就慢慢一步一步地挨啦。

天黑了，刘二成实在走不动啦，他打定主意挨到前面村子里过一夜，明儿再送去，总不会怎样迟。他到了这村子和乡长打好了招呼后，想要去睡觉的当儿，他忽然自言自语地说："不沾，要是明儿咱们同志开拨去同鬼子打仗，今儿送不上去，那才麻烦呢！我二成做事不能这样含糊。"说着说着他又背上箱子，也管不得天黑不天黑就走了。在天快要明的时候，刘二成赶到了。哨兵把他领到供给处的院里，他长长地出了一口大气，随着他叫了几声"同志"，房里有的被喊醒了，里面有了说话的声音："听！好像刘二成在吆喝呢。"

"你不要扯瞎话，他爬也爬不来！"

"听嘛！真的！"

"我说呀！他归根总是要来的。"

（《抗敌报》1939年8月24日，《老百姓》副刊第29期）

王善成比不上牛二

真是好月色，地上明亮得跟白日里一样，就是比白日里凉快点儿罢了，多数人家都早睡了觉，四下数不清的小虫的叫声叫人觉着更加的清静。可是你要是伸长耳朵仔细一听，你就会有时候听到咿呀咿呀的声音。这个声音是从胡同口左边传来的，那儿咱们的妇救会小组长白茂兰正在帮着对面的牛二家的磨玉茭面，赶着明天吃。白茂兰的当家叫作王善成，虽说是个农会会员，但是个不大争气的人，有时还有些恨白茂兰弄不好的样子，引起□□还是年生白茂兰要求加入妇救会时，王善成的意见是："娘儿们是要好好地照料着家里。"

当她们停下来把碾盘上的散着的面扫拢去时，牛二家的看着一个男人进白茂兰家去了，那样子好似王善成，她赶忙对白茂兰讲："好像王大伯回来啦，你回去吧！"

"别管他的！"

"要是他又嚷啦 你也让他些。"

"真是，二娘！你别提起这些，自从这一回闹了水灾后，为着自己的几亩地给水冲了，那个该死的什么都懒得做啦，看着大家收拾地，我指望他也赶着下地里去，天晓得这个该死的还是整天地像懒猪一样只睡着吃，后来我着实看不过来向他说啦，我说：'你爹，俺们要好好地硬起腰来，发愁也没用，一切要先靠自己。俗话说，坐吃山空。何况这又是打鬼子的年月，俺们都有份责任，这可不能含糊。'二娘！你说他怎样回答？真气坏啦。他说：'这个年头儿反正难活下去，俺要活一天就算一天，反正你又不稀罕我——'二娘，天晓得：真把我气坏啦，同你那个比起来，真要臊死我。"

"你干吗要这样想？你好好劝劝他就会好的。"牛二家里听到这里，一半欢喜，一半又像怕□抢了牛二似的，不大好意思地安慰了白茂兰一句。

"我要劝呢，我决定要给妇救会和农会提出来讨论讨论，大家来批评一批评。"到底有了妇救会，像往年里白茂兰跟王善成闹架后，只有哭的，还说什么批评。

正说到这里，大个子的牛二走来了。

"你不是跟分队长查岗去了吗?"白茂兰问。

"是的，咱们去查岗，后来咱们还去□□子□，……只要是保住不给它吃，还赶种点儿冬粮，这年头儿是可以凑合过去啦，看他妈的鬼子有啥办法?"牛二一面答应问话，一面不经意地又扯到"这年头儿一定要凑合过去"和打鬼子的天下大事去了。

牛二帮着老婆赶紧收拾好玉菱面，跟着白茂兰和大家伙儿都回家去了。四下的小虫还是不住地叫，不过村口边站岗的地方冒起了黑烟来，大概是夜深了，站岗的烧的火。

（《抗敌报》1939年9月3日，《老百姓》副刊第30期）

高 国 兴

高国兴很闲散地拿着烟袋坐在村头的石碾旁边的板凳上，看着那些年轻小伙子欢天喜地离开家乡去参加灵邱特务营。村里的小王背着铺盖，他的老婆拉着七岁的秉宁子和抱着两岁的杏妮子，走到村口来了。

"小王，你到五台去吗？"有人在问。

"不是，我参加灵邱特务营了。"小王微笑地回答闲坐在村口的乡亲们。

"你回去吧！不要送我了，好好地养大秉宁子和杏妮子，但是家里的活儿如果可以让五弟多帮点儿忙，你还是要多一点儿时间到妇救会工作去啊"小王对他的老婆说。

"你放心吧！自卫队工作虽然多，地里的活儿□然多靠五叔了。妇救会的工作，娘在那里也会多费点儿神的，我有空也一定去。"

"高伯，我去参加特务营了，打走敌人，回来再见面吧！"

"你去了！勇敢杀敌人啊！大婶能顶事，不用操心！"高国兴站起望着小王走出村外了。

忽然高国兴急急地向着村右山腰上斩伐着乱草的高老大招手，一会儿他的大儿子走下山来了。高国兴叫他把锄头交给旁人带回家去，牵着老大的手走出村外，追在小王的后头。村口的人们望见他父子叽叽咕咕地一面走一面说着话，有时还带着笑声。人们等那笑声渐渐听不见了，连人影子也看不见了才回家去。

当天晚上，××村的人都知道高国兴送他的大儿子去参加灵邱特务营，因为高老大右手有点儿病痛，恐怕放枪不方便，所以不合条件，不能报名。

第二天早上，许多人不见高国兴出来，觉得奇怪起来了，因为他每天早上都要在村口闲逛的。到早饭的时间，高老大从田里回来了，有人问他："哪里去了？为什么今早不见他啊？你爹呢？"

"他和老三上部队去了。昨天晚上他生气了，骂了我一顿，说我手里生病没出息，不能参加特务营。今早天还没亮，我听见他到南屋去找老三。一会儿老三戴着他捡得的敌人的帽子来见我，说是去报名去。我到田里去了，没见他们什么时候走的。"老大回答人们的问话。

"那不是他？"有人指出村外疏林边一道木桥，一个老头儿满面笑容地向着那许多□□的老乡们，走近村口来。

（《抗敌报》1939年9月3日，《老百姓》副刊第30期）

"铁村"的故事

老乡们闲坐村头聊天！有个人急忙忙跑进村口来，口里叫着："敌人已经打下了武强县城，我们应怎样啊？"

"叫什么啊！咱们洛驼湾村是冀中有名的一个'铁村'，让敌人来撞一次大钉子，管叫他头破血流，滚他妈的蛋！"村长止住那人叫喊，像没有事地镇定说。那村长当选过几次了，就是因为他能顶事、很恰当地办理很多的帮助抗战的事，这样使武强县最富有的、人口最多的、离县城只有八里的洛驼湾村，始终是没有被敌人骚扰。全村里的人，不管穷的、富的、老的、少的，团结得像一家人，又有很坚强的组织。譬如自卫队就能很熟练地使用武器。土枪、梭镖、大刀等，几乎每个人都有一件武器，没有的就拿上锄头去下操！

敌人占领县城后四处抢掠、奸淫、烧杀。这消息传到洛驼湾村。那村长很有把握地马上召集全村的乡亲开村民大会，讨论应付办法。事情就这样决定了：全村的老头儿、老太婆、妇女、儿童完全离开，躲藏到敌人不会到的地方；把所有的粮食、猪、牛、羊、鸡等牲畜完全安放在很秘密的地方；所有家具、锅、碗也埋藏起来了；全村的好样儿的强壮青年小伙子完全留在村里和附近，埋伏起来准备迎击敌人，保卫"铁村"洛驼湾。

那早上，十来个不要命的敌人大摇大摆闯进村口来了！村长勇敢地上前迎接，装作欢迎"皇军"的样儿。敌人嚷着："要鸡，要花姑娘！"把枪随便靠在墙边，满街乱走。这时村长一声号令："乡亲们，动手啊！"屋里、巷口，冲出那勇敢愤怒的人们，刀镰齐举，梭镖乱穿，把敌人杀得呱呱乱叫，十几个日本强盗，只有三个带着重伤逃了性命。

那夜，洛驼湾的老百姓一边庆贺，一边商量敌人再来的时候对付的办法。深夜了，有人在街上行走，在每一个胡同口都碰到有□问口令的声音；村外的树林、土岗上都有哨岗瞭望着，准备迎击敌人。

天还没有亮，敌人带着大炮、机关枪，声势汹汹地把洛驼湾村围得水泄不通，大炮往村里乱轰。大家知道和敌人拼有些不上算，于是村长下令了："勇敢的在前头，壮年的保护受伤的乡亲，往村边的树林冲，一定要冲出敌人的包围，在×岗上集合。"

"杀！"几百条像猛虎般挺起、像毒蛇般的梭镖一直向敌人的阵地冲过去，冲过树林，冲到×岗集合了！

有几个勇敢的自卫队队员为着保护□受伤的乡亲，不要命地和敌人死拼，后来虽说是静悄悄地躺在被他们打坏了的机关枪旁边了！可是，大伙儿却有活路。

哪怕房子给敌人烧了，洛驼湾村的老乡们和自卫队仍在×岗上商量，准备赶走了敌人，重新建起新的"铁村"。

（《抗敌报》1939 年 9 月 11 日，《老百姓》副刊第 31 期）

大闺女帮助游击队员脱险

这个曲儿未说以前,不妨先讲讲这个曲儿出生的地方。这个曲儿出生在冀东,就是咱们河北省的东边,咱们全河北省要算这块地方最富足了。敌人自抢了咱们东三省后,又□不留着口水,忙着来抢去这块肥肉了。说起来,冀东给敌人抢去,到现在已是□个年头儿了。在这些日子里,咱们老百姓真是受尽了说不出的苦楚。大伙儿长年月地想望着怎样来些自家的军队把鬼子赶走,早些重见天日。这样,当去年咱们八路军一去那里,老百姓都欢天喜地地帮助军队;同时又因为他们都听说过八路军是怎样子的队伍来,一下子有的就参加部队,有的拿出枪来,有的拿出钱来。大伙儿搞得个不亦乐乎,情绪可也真高涨极啦。不要人告诉,大家伙儿都很合理地实行了负担。这样一来,自然游击队、老百姓武装也一天一天地多了呵!说到此处,这个曲儿就言归正传吧。

有一天,咱们一个游击队员住在一个老百姓家里。这一家子通共有两个人,有一个娘,一个大闺女。事又凑巧,当他们几个正在家里满不经意地做事的时候,突然日本鬼子进来清乡搜查了。"一说搜查就搜呀!游击队员头上又未刻字,又有什么要紧!"大家一定会要跟着这样说!"这没有啥了不起,不值得一讲。"可是咱们只知其一,不知其二,你哪晓得咱们这个游击队员,他有支手枪。这岂不糟糕?意思也就在这点,你想这被搜到了那还有话说吗?这真可以说是个要命的关头。说时迟,那时快,只见那位大闺女见势不好,她也顾不得这些那些,忙将游击队员的手枪拿过来就装放裤裆里面了,可是这还不沾,放在裤裆里,一大包哪能保得住不给鬼子看出来?那位大闺女真是聪明得很,她又急忙跑到炕上睡下,将大被子蒙上,装出害了没有治法的重病一样。鬼子来搜了一会儿，见没有什么也就走了，这场危险才这样混了过去。

(《抗敌报》1939年9月11日，《老百姓》副刊第31期)

张 大 嫂

徐濛

太阳下山啦！张大嫂在河畔洗衣服。

"呵宝的娘！呵宝娘！"

她抬头一看，原来是她的丈夫回来了。

"今天你在区里开会，有什么消息呀？"张大嫂很关心地问她丈夫。

"你不知道吗？敌人快要秋季围攻了，咱们都要准备，老百姓的队伍也要配合军队作战。但是咱们缺乏武器，今天开会就是要发动大家把家里的破锅、破铲、破铜盆交给政府，制造手榴弹、枪、刀，用这种武器才能把敌人打出去呀……"张大哥详细地叙述了一遍。

"这是好办法呀！破锅、破铲，这些破东西放在家里又没啥用，交给政府又能造成杀敌人的武器。对！只有这样，才不会让敌人进这个村子。"张大嫂边说边洗，很快地把衣服都洗完啦！她很高兴，提着篮儿和张大哥一同回家了。

张大嫂跑到园里，把篮子一放，就把自己家里的铜器铁器全搬出来啦！并且还叫别人也这样做。

大家都懂了这个道理，家家都把碎铜烂铁送到村公所。

不到三天，村公所堆满了铜与铁。

这是制造武器的材料呵！

(《抗敌报》1939年9月19日，《老百姓》副刊第32期)

胜利的归来

张磊光

村子的东头,人声嘈杂。男的女的、老的少的,街头上、树根下挤满了人,支起了脚跟,伸长了脖子,向东南方向遥望。年轻的小伙子和活跃的儿童们兴奋地、紧张地像雀子似的跳跃着,穿过长流不息的小溪,顺着羊肠小道,向人群目光注视的交点飞跑。

双轮的洋马大车,大车上堆满了大米、面、罐头、鱼、大衣……五六个老乡雄赳赳地拉着,大踏步地向前迈进。大车越来越多了,群众高叫着:"回舍战斗胜利品来了!"有几个周身泥灰的小孩子飞跃着向家里跑去,"大车来了!""大车来了!"狂叫,屋里的村子里的人群向外拥挤,鼓掌声、叫喊声,使拉大车的老乡们更加兴奋了,把沉重的大车拉得飞跑起来。旁观的人群中,有的在数着:"过去六辆了、七辆了……二十一了、二十二了。""喂!同志!多少辆?"有人在问压车的战士。"共二十四辆!"得意地回答。

整齐的行列、像铁链般的人们,长蛇般蜿蜒在杨柳与清溪夹杂着的小道,雄赳赳地接续在胜利车子的后边前进,这是回舍战斗胜利归来的一群壮士。

热烈的鼓掌声、欢笑声、叫喊声:

"欢迎胜利归来的壮士们!"

"军民合作争取更大的胜利!"

"发扬×团战斗胜利的作风!"

…………

勇敢的壮士、伟大的雄姿,表现了英勇奋斗到底的精神;欢笑自若的容颜具着最后胜利的信心;步伐声、马蹄声、溪流声、风声、树

叶声、交杂人群的欢呼声，汇成了一个激昂的合奏曲。

这是回舍战斗指战员胜利归来的一幕历史剧，这是粉碎敌寇进攻边区的前进曲，这是争取最后胜利的先声。

人群又各自地分散了。胜利、兴奋，打击敌人、消灭敌人，这种可爱的民族精神带到每一个场所去，猛烈泛滥着……

（《抗敌报》1939年9月23日）

把铁轨搬回来

夜晚刮着风。天空的半块月亮罩着一层薄薄的云，虽然月色不亮，但还可以看清面前的路。

在马家湾的村边集着一群人——一队青抗先，他们静听着队长简短的盼咐："第一小组担任放哨，第二小组破铁轨，三、四两组搬运。"

队长点了点人数，又说："大家注意！动作要快，半夜以前要完工，听说后半夜有一趟北来的火车。"青抗先队出发了，他们带着长枪，还有钳子等搬撬起道钉的各种家伙。

一队年轻小伙子戴着朦胧的月色向铁道前进，夜风吹着他们跳动的心。到了，离铁道不到半里地，大家立下来，队长重提一句："动作要快，不要说话！"他们料定敌人不会冒风出来，他们相信自己的工作会成功。

到了铁道上，他们每四个人弄一根，搬下来的铁轨，三、四组的队员很快地抬到离铁道二里以外的地方去。一根，又一根……

忽然，队长轻轻地打了一声口哨，各组集合，向着一个方向离开了铁道。他们每四人抬一根，十几根铁轨在天明以前就搬到了马家湾的村公所里。

第二天早饭后，青抗先队长召集全队开会，他得意地说："咱们要把这些铁轨送交政府，去造武器。眼看秋天敌人来进攻，咱们要用武器哪！……"

全队喊出了一个声音："走！送到政府去！"

（《抗敌报》1939年9月27日，《老百姓》副刊第32期）

送过路西去

靠近铁路的一个小村离×××车站只有五里地，已经被敌人划作"爱护村"的×庄，只有二十来家，人们惦记着祖国，痛恨着日本强盗的烧杀奸淫。老百姓想尽办法来帮助咱们边区政府抗战，不管怎么困难，他们坚持工作。

有一天，一个商人模样的路过这×庄，当站岗的（那商人走近村口时，才发觉路旁边掘渠的就是站岗的自卫队员）要过他的路条看过之后，就告诉他让他到村长家里憩息。

大家围在院子吃饭的时候，那商人谈起咱们边区正在动员收集破铜烂铁，各地方收集了不少的打造杀日本强盗的武器了。这时有人这样说："咱们×庄的也愿意拿出这些自己没用却又能够打造手榴弹、梭镖的烂铁，不过不知怎么送去罢了！"

"听说咱们的游击队破坏铁路，把铁轨弄回来，也是用来做子弹和步枪。最好我们也来干一下子！"一个年轻的小伙子兴奋地说。

村长静默地一句话也不说，想着，想着明天……

★★★★★★

"乡亲们！咱们知道政府正要收集破铜烂铁用来打造枪支，好多杀几个强盗们，我们就在这个时候——说完话后，散了回去马上把咱们家里所有破铜烂铁找齐送到这儿，咱们马上有人连夜把这些铜铁送过路西去！娘儿们回家去找吧！自卫队留着，我还有话说。"村长讲说完了，马上又转向那自卫队，突然从温和的脸容变成铁样的严肃："现在要把我们分成两队，一队拿着武器和带上锄头铁锹，我们今夜要破坏五里的铁轨。第二队挑上那□破铜烂铁，准备第一队破坏铁路之后抬铁轨，明晨天亮前送过路西。第一队破坏工作完了之后掩护第二队过去！……愿意到第一队的到左边来，第二队的站到右边。"

分队很快完成，娘儿们已经陆续把破铜烂铁送来了。

"你们回去拿武器吧！第二队的带上扁担。"村长坚决的口气□□感情！说话就要集合了。

★★★★★★

□□，一条黑蛇般的铁的队伍向路西边走去。有人肩上背一杆步枪和锄头，其他的挑着沉重的那用来打造杀鬼子的武器的破铜烂铁，还有的抬着长长的铁轨。村长沉默地在前头引着路！

（《抗敌报》1939年9月27日，《老百姓》副刊第32期）

开　会

天色黑了，并且刮起了大风。在刘家洺的庙台上三五成群地坐满了人，他们好□。

人越来越多了，农会会长、自卫队长、闾长……都陆续来到了。妇救会主任领着邻家的小三子，他是儿童团长，儿童团推举他当代表开今晚这个募捐慰劳会。

乡长从庙台左边人群里站起来，当风立着，只影影绰绰地看见个人形，天色黑得认不清面目了。他用力打了一声招呼："开会了!"全庙台立时鸦雀无声，静听着乡长的话。

"大家都看到墙上贴着的《抗敌报》了吧？那红纸的，那号外。"乡长的问话得到大家干脆的回答："是呵！八百多，八百多鬼子给消灭喽!"庙台上喧嚷一阵。

接着，庙台又安静下来，大家接着听乡长的话："咱们早就说，预备敌人秋季进攻，这时候可真来喽！咱们秋收还没有完呀，咱们的庄稼还……嗨，不要紧，敌人攻到陈庄给打光了，打得鬼子片甲不留——谁打的呀？"

"八路军!"小三子高声回答。

"咱们的军队保住了陈庄，这不是平常事呵！报上说，这是敌人攻咱边区的开头，对呀！当头一棒，打得多么痛快！敌人想进山沟！军队给咱们挡住了!"

夜风从对面刮来，秋天的□□冷了，庙台上没有一点儿遮掩，大家挤在一块儿。闾长提意见了："要不是这一挡，敌人会闯进山沟来呀，那时候……不用说就会猜到。这年头儿军民合作的道理谁都知道，就做吧，咱们募捐，这是咱们的意思。募捐委员呢？"

"老五这募捐委员正病着,咱们——"乡长还没有说完,从黑影里立起一个人来,急忙地说:"募捐委员不能来,今天别的当事人差不多都来了,咱们就商量一下怎么募捐吧,军队打了胜仗,咱们去慰劳。明天咱们各村同时发动,咱们这里年景还马马虎虎,能多出就多出,几把红枣也可以,表表咱们的心。"

在座的人不约而同地赞成这个意见。乡长主持分好组,青抗先队长自请愿意送上前线。散会的时候月亮还没有出来,大家心里怀着一件大事情,一边走一边想着明天的募捐和慰劳。

(《抗敌报》1939年10月9日,《老百姓》副刊第34期)

缝棉衣，送前方！

妇救会主任张大嫂刚把饭碗放下，外边就听得一片敲锣声，嘭嘭嘭地响，这是妇女识字班上课的时候了！她赶紧把屋子随便收拾好，便拣出妇救会用红色纸印发的小册子，叫唤隔壁的英妮子一同去上课了！

她一边走一边想着："我一会儿说什么好呢？"

娘儿们都齐了。那敲锣的小菱姑说："先生有一点儿事，等一会儿才来，她叫我通知咱们唱唱歌子。"

张大嫂这时站起来说："姐妹们，我想对大家说几句话。"啪啪啪的掌声便响起来了！

"现在先生还没有来，这时候我们不妨开一个小小的讨论会，讨论一件事情。今年夏天的时候，我们村里曾经组织了洗衣队、缝衣队，替武装同志洗衣服，让他们身上穿上干净的衣服，同时帮助军区缝过许多军装，部队的同志有衣服穿了，打仗才打得起劲儿。我们的工作是有相当的成绩的，武装同志也的确很勇敢地打仗了，我们不是听到神堂堡和大龙华的大胜利吗？前几天，就在中秋那夜，咱们八路军又在陈庄伏下神兵猛将，把敌人打死八百多，把陈庄慈峪都抢回了。"这时娘儿们都瞪大眼睛地听着！

"敌人在秋季一定会来进攻我们边区的！"张大嫂又把话说下去，声音更大了！"但是冬天快到了，我们八路军在北风大雪中和日本强盗拼死作战。我们能够让我们的爹爹和叔伯、兄弟和丈夫冻着吗？"

"不愿意他们受苦！"娘儿们都喊起来了！

"我们不愿意他们受苦，不愿意他们冻着，我们让他们能够有暖和的棉衣穿在身上，好和敌人在风雪中拼命，勇敢地打仗，保卫我们的家乡，保卫我们的边区。"张大嫂还未说完，娘儿们又大嚷起来了："把缝衣队重新组织起来！向区妇救会说我们要替武装同志缝棉衣。"李大娘□叫。

"对区妇救会说，我们能够缝二百套棉衣。"村长的大女儿的声音。

"二百套太少了，我们要缝二百五十套！"一个五十多岁的老婆婆这样说。

"不要□了！"张大嫂说话了，"大家都赞成组织缝衣队吗？"

"赞成！"没有不同意的。

"我们就照夏天一样，一共分作五队。第三队的李玉美做了人家的媳妇，刚好陈家新娶的媳妇又补上了。大家同意吗？"

"同意，不过我们要缝多少呢？"有人问了。

"有人说二百套，有人说二百五十套，现在赞成缝二百五十套的请举手！"张大嫂点数了。

张大嫂报告数目，她又说："赞成缝二百套的有没有？五十一人已经过半数通过了。"

"张大嫂，什么时候开始啊？天气冷了，赶紧向上级领取吧！"有人着急地问了。

"明天就派人向区妇救会报告，让她们向上级领了发给我们，我们能够在布料棉花到了的时候开始。一星期可以完成吗？"

"五天就够了！"不约而同的声音，娘儿们都叫起来了。

"上课吧！先生来了！"张大嫂说。

"刚才你们说缝棉衣，今天就教缝棉衣歌吧！"先生开始在黑板上写："缝棉衣，送前方……"

（《抗敌报》1939年10月15日，《老百姓》副刊第35期）

"新二爷"的"威风"

□

暖和的日头打山坡背后出来了,照遍着道岭村。家家户户早饭都吃过了,老老少少收拾好家伙,三三两两到地里去秋收。大梁子近来因村公所事情太忙,几天不到地里去了,今儿个应该看看庄稼怎么样了。他背起条布袋,带上一把镰刀到坡根去看庄稼,刚走出门外,又回转身来,大声喊叫二福子:"二福子唉!我到北坡去呀,若再有人找我,你就让他等一等,头晌午我就回来了。"

听到二福子在屋里应声,大梁子就转身走了。

刚到地里猛眼看见玉黍棒子不知给什么人撇得乱七八糟,他纳闷:"乡亲们没有谁会干出这来,莫非是新二师的兵干的吗?……听说黑山关一带的庄稼给他们糟蹋得不像样子……"

当大梁子这样设想的时候,从身后远远有喊叫声。起初他不大理会,接着喊声近了,他听似乎是二福子的口音,回头一看,可不是嘛,二福子迎面跑来,气喘喘的。离大梁子还有四五十步,他就叫:"哥哥!又来了一个'新二爷',叫立时派三十个夫去,立时去!"

"什么?"

"派三十个夫,立时就去!"

大梁子听着,心里一□。这几天"新二爷"们给他的苦头把他吓住了。"立时派三十个夫"好像一道"圣旨"抓住了大梁子的心,刚才想的事立刻飞开。他是道岭村的分队长,派夫是他的责任,他怀着一颗颤抖的心回到家里,拿起名册子,忙着派人。但人们都地里去了,等把人找齐,日头已升到头顶了。

当我们的分队长领着夫到新二师的驻扎地时,街头等着他的是几个穿灰军装的兵，手持铁棍，雄赳赳地，这一场"新二爷"的气派真是好不威风。

事情是这样唐突，似乎并没有问个青红皂白，"新二爷"手里的铁棍便落到大梁子的身上了。当大梁子身上尝到铁棍的味道时，好像模模糊糊听到了两句："妈的，要你们干吗？这时才来！"随着这声音我们分队长的身上又挨了好几棍。

"去！叫他爹来！不给你们个厉害的，真不知马王爷是三只眼！"

"去！去！叫他爹快点儿来！"是另一个"新二爷"的声音。

★★★★★

老人家来了，他已上了年纪，因为他是分队长的爸爸，连带也就有了"罪"了。"新二爷"的铁棍是不是"教训"过老人家，这个人们还不大清楚，但这里需要快点儿提到的是：道岭村的村长来了。他拿村长的资格为这父子两人求情，他把为什么民夫不能很快就来的道理重复了好几遍，他希望"新二爷"能高抬贵手饶他们这一遭，但谁料到村长却碰到比大梁子更悲惨的遭遇呢！

村长被打得遍体血伤，已经说不出话来，气是喘得很急了。

众乡亲们伤感地把村长抬上担架，在暖和的阳光下抬回道岭村的时候，一路上碰到的人们已经知道这回事了。男的女的都愤激地传说着，有的妇救会同胞已情不自禁地淌下热泪来。比方，张大嫂她早就听说，象角村表妹在土窑里给"新二爷"的"战士"奸淫了。她起初还不敢信，因为她在妇救会里听说干这种野兽行为的是日本鬼子，抗日军是为国报仇、为百姓出气的。但后来她才知道抗日军也有冒牌的，挂名抗日却做着欺压百姓、残害同胞的勾当。这一次，张大嫂亲眼见道岭村村长给打个半死的事情，她有点儿忍心不过了。她怀恨为什么这些中国军队不打日本却打老百姓呢？乡亲们为着抗日，把自己吃的东西都交给"新二爷"们吃了，末了却落得被他们打得不知死活……

张大嫂伫立在村头，看着走过的担架，她心如刀刺，百感交集，她突然想到前几天跟村长们开会决定向政府请愿是为什么了。

担架抬回家里，村里的老百姓见了，都咒骂着："咱们不要这样的冒牌抗日军，叫他们滚蛋吧！"年纪大一点儿的人都流了泪，年轻的握紧了拳头。

"对这些坏家伙，他妈的破坏抗日，不能饶过他们，谁咽得下这口气！"

（《抗敌报》1939年10月23日，《老百姓》副刊第36期）

张老三和李先生

——□帝□主义

张老三是个庄稼汉,当自卫队队长。小孩儿时念了一年书,识得不大几个字,他现在很想多知道天下的事,当他每天做了活回来,就到小学里去看报和讨论问题。有一次,张老三问李先生说:"打倒日本帝国主义,这个帝国主义你说是怎样讲的?"

李先生笑着说:"唉,你不知道这个东西吗?凡是抢夺人家的土地财产和屠杀别国人民的国家,就是帝国主义的国家。比如日本、英、法、美、德、意等国。"

张老三问:"为什么这些国家不安分守己,要来抢夺、屠杀别人呢?"

李先生答:"因为这些国家的工厂完全给少数老财们(资本家)把持(垄断),这些老财们有钱有势,便做起大官来,国家大权完全由他们把持,他们要怎样就怎样,老百姓是没有说话的权利的。这些老财们的工厂拼命制造很多东西(商品),这些东西卖不出去;同时做东西又需要很多原料(铁、钢、煤、棉花等);另外这些老财们有很多钱,没有处放债,'卖东西''买原料''放债'三个问题,使老财们感到非常困难。因为各强国都把门户关起来,不让别国进来,各弱小国家又被各强国明明暗暗地把持。因此各个帝国主义就摩拳擦掌,要打重瓜分天下的土地财产战争了。日本帝国主义进攻中国,就是日本老财们为了私人,打算要把中国的土地财产拿到自己手里去,叫中国人给他像牛马样地干活儿,替他挣钱,这样便不管千百万人民的死活。所以日本帝国主义,不但中国人要打倒它,就是日本老百姓也要打倒它。

张老三说："他妈的！帝国主义原来就是这样的野蛮强盗！一定要把它打倒！"

李先生说："由于帝国主义，互相作战和无情地压迫人民，引起人民的反对，所以我们说，打倒帝国主义就是老财们的天下坍台的时候！"

张老三说："天晚了，咱们以后再谈吧。"

（《抗敌报》1939 年 10 月 23 日，《老百姓》副刊第 36 期）

活着的都有份儿

"呵,真痛快!刚才那一队里有五个鬼子忽剌巴儿拼命抢着往我们山头冲上来,我当时还没有理会,营长猛不防儿地拍我肩膀一下,说:'喂,瞧,鬼子冲上来了,赶快下手!'"

我一看,可不是,有五个鬼子正在半坡往上爬着呢,我看他们那笨手笨脚的样儿,觉得又可恨又可笑。

我赶紧把机关枪调转了一下,把枪尾提高了一点儿,瞄准了那五个野兽,加足火力,扫射了去。

"哒哒哒哒……"

"说时迟,那时快,随着枪声,在尘土飞扬处,我亲眼瞧见那五个鬼子当中有四个就登时被机关枪射倒,叽里咕噜地一个跟着一个滚下山喂王八去了。剩下的那一个见势头不好,也就吓得连爬带滚地溜之乎也。他算哪辈子修来的福,他妈的,倒逃脱了那条狗命。"

这是高阳庄一个年轻的自卫队小队长孙国礼把伤兵担架放下之后,兴高采烈地对他周围的老乡们所说他方才跟八路军一个营长在青阳山头打日本鬼子的一番话。

这天正是九月二十八日,敌人大清早烧了陈庄,在撤退的半路上被我们英勇的八路军迎头打了个落花流水,死伤大半。剩下的一队鬼子打算改由小路逃窜灵寿,哪里想到走到高阳庄村东南青阳山下,又碰到了一座鬼门关,被我们埋伏在山头上的一营八路军拦住了去路。足足打了一天,鬼子始终也没有越过雷池一步,到天黑的时候,不得不退到离高阳庄五里路的一个小村子里去了。

孙国礼从吃了早饭就参加了战斗,帮助军队打鬼子。他和营长两人守着一挺机关枪,一直跟鬼子干了一天,到点灯的时候,因为运送伤兵才暂时脱身回到山沟里。

"这是受伤的两位同志,你们赶快把他们抬到医院去换药,我马上要回去!"

他说完这话,马上又兴奋地爬上山去了,大家叫他吃了饭再去,他仿佛没有听见。

当天晚上,在月光之下,孙国礼又领着这一队人去袭入敌人占据的那个村庄,展开了白刃战。鬼子死亡了二十多个,可是我们这位英勇的孙国礼同志也光荣牺牲了。

孙国礼是一个二十四岁的年轻小伙子,从本村自卫队成立以来,一直担任着小队长,也有着一个结实的身体、老实人的性格和热心积极的作风。他待人是那样的诚恳、那样的和蔼,无论村里老一辈和少一辈的没有一个不乐意和他接近的。

可是如今,他是死去了,还死得那样的凄惨,给敌人刺了许多刺刀才死。

他妈的,不怕他日本鬼子杀死了咱们一个孙国礼,可是咱们还有千千万万个孙国礼邓号好样儿活着,活着的都有份儿给死去的报仇,都有份儿!

(《抗敌报》1939年11月2日,《老百姓》副刊第37期)

争 书 本

　　饭碗刚放下来，三哥忽刺一下像中了邪似的，从东屋跑到西屋，从西屋又跑到东屋，这样抓一下，那样拿一下，什么东西都给他弄得个乱七八糟，三嫂看得真有些不耐烦了。

　　"你爹，是怎儿哪？"

　　三哥冷不防给三嫂这一问，倒问住啦，这样一来倒把他弄得左右都不是，右手不住地搔着头发，好久才说出了话。

　　"你，你管不着，我找东西！"边说就边去翻炕上的苇席。

　　"究竟找啥，你说个明白，我给你找不好吗？"

　　"你，你不用问，你不知道，我找书本，年上冬天念的那本。"三哥越来越着急了。

　　"书本呀，那在我这儿。"三嫂刚把话说完，就从袋子里摸出了那本油印的小书，在手里晃了两晃，翻开一篇，就可看到说的是晋察冀边区。原来这本书是年上农会办的识字班里发给三哥的，识字班完了后，三哥就把它藏了起来，直到今儿识字班又要开课啦，三哥一下想着了年上那本书。他想着念书没啦书，还念个屁，这样他就慌着找了起来。当三哥□□□下正要过□拿那书，哪知三嫂翻了两下，就忙着又装进了袋子，三嫂接着说："我不给你，听王老娘说，下月初儿我们就要上识字班，没有书还沾？"

　　这下真把三哥急坏啦，说也凑巧，正在这个时候，外边打上课的锣啦，三哥也顾不得什么，跑到门口就叫了起来："喜子，指导员去啦也不？指导员……"

　　"当，当……""上课呵！去啦，去啦。"喜子一边敲锣一边答应着三哥，三哥一听这□，回头就向里跑。可是没三步，又跑了出去。

"喂!喜子,喜子,你看我没书啦,怎么办?"

"书,有有,指导员拿了一大捆新书,还怕没有你的份儿?"

三哥这可乐啦,赶着就向救亡室跑了去。

(《抗敌报》1939年11月2日,《老百姓》副刊第37期)

张 二 黑

阿福

  同志坐下来吧，趁着这息响的工夫，咱们来说个曲儿吧。咱从来也没说过，也没经验，只是把最近从别的报上看来的一个消息，老老实实地讲给大家听，说好说歹，还要请大家原谅。

  这个事出在咱们的定县名字叫牛角庄儿的一个村里。这村里有一人姓张名叫二黑，年纪廿来岁，是农会会员。他的老婆姓胡名叫春雪，夫妻俩原来本是丁丁对对的小两口儿，日子也还过得来。不知为啥，前些时候忽刺巴儿地搞得不对付了，在家里时时都是一个脸朝东一个脸朝西，你不说我，我不说你，弄得村里的人大家也都莫名其妙。有些好事的人就常常悄悄地偷看他俩人，到底是在干些什么。

  在一晚上，张二黑已在炕上睡了，春雪还正在豆油灯下做鞋。春雪猛地抬起头来说："我说你爹，再要不听俺的话，咱们就自由好了，以后谁也不要管谁。俺明儿就到供给部当工人去啦，可不要后悔就是。"春雪说这话是用了很大的声音说的，随着也上炕睡了。这一晚上，张二黑简直就没有睡着，隔壁的人听着他整晚上就在炕上翻来覆去的。

  天刚亮，张二黑出门了。可是，张二黑在天要晚的时候又回来了，在村口上碰见许多村里的人，大家打着旗子，闹着说欢送从军的，他才真的知道他回头来碰见的四小子他们真的是从军去了。他老婆忽刺巴儿地从人堆里钻了出来，给了他一个包袱，问他干吗又回来。张二黑红着脸，没有答应出来，还是他老婆说了："放心，你当八路军，俺永远等着你。"这时，后面的人忽然喊了起来："欢送张二黑，张二黑是英雄。"真把张二黑唬了一跳，心里越加扑通扑通地跳着。他老婆又说了："放心去吧，去当八路军。"

张二黑归根是开步走了，他的老婆很是欢喜。

从这以后，大家便知道了早先他俩不对付的缘故。听说，张二黑□下在十九团当战士，已经学会了给他老婆写信了。这真是一件有趣又有意义的事。

同志，我的话完了，你觉得怎样呵？可是，你也要好好工作和学习呵。我看你老婆眼下就比你强多啦，她问的问题就比你多多啦。

（《抗敌报》1940 年 5 月 22 日，《老百姓》副刊第 41 期）

破 路 队

冯年

"同志们,今天晚上我们要破坏铁路去,准备!"

"好,我们都要去,都要去!"

俺们这一队很早就商量过怎样破坏敌人的交通,前天才开过一个讨论会,这是俺们青抗先二中队空前的一个大会:"为什么要破坏敌人的交通?""怎样展开交通战?"差不多人人都发表了自己的意见,最后大家一致喊:"咱们要做边区的破坏英雄!"今天晚上要实地干了,大家简直欢喜地乱跳。小喜子的病还没有大好,可是也要求去,队长劝他下一次再去吧,小喜子显然是忍不住:"不,我要去,这是第一回呀……"

今天的晚饭大家都吃得饱饱的,每人两个手榴弹,镐、镢,除掉几个身体弱点儿的以外,每人一件。临出发,当大家集合好,举起镐,一致喊:"凭这些武装,咱们要敌人的命!"□的时候,声动天地,心里简直是说不出来的高兴与快活!

队伍在杨家沟集合,我们赶到的时候,想不到马庄的青妇破路队、柳湾的模范自卫队都先到等我们了。天虽说黑蒙蒙的,看不清脸色,可是个个手提铁镐、挺着胸脯的那股劲儿,还互相看得很清楚。七百多人在村边站成黑压压一片,鸦雀无声,听候总队长分配好以后分路出发了。

这是一件多么有趣的事啊!看这群青年英雄们吧,谁都有个大抱负,"要把敌人的交通网给它捣个稀烂!"

第三小队担任警戒,俺们三个队同马庄的两个青妇队便骑着铁轨动手了。

"小喜子,让我来,妈的,这根道钉还很难起吗?"这是分队长的声音。

"不用,快下来啦,分队长,那些枕木咱们今天搬不搬哪?"

"这些家伙(分队长用镐轻敲着横在面前的铁轨),弄回去就可以了。——快点儿吧,那边青妇队她们已经起下铁轨七八条了。"

分队长使我吃一惊:"□□!她们这样厉害吗?沽!小喜子,咱们加油!"

"亭抗……亭抗……"前后响着轻微的钢铁的声音。这时天越黑了,云遮完了星星,好像要下雨。

刘拴子快步从北边走过来,气喘着,用低沉的声音问分队长:"俺们那一段弄好了,青妇队也快了,俺们先搬开吧?"

"完了就快搬,越快越好,这里已搬走几条了。"刘拴子"哼"了一声转身回去,这时小喜子的一条已经弄下来了,我们这一段任务也完成了。

当我们抬着铁轨走开铁道线时,分队长得意地说道:"让日本鬼子'扫荡'吧,看谁有办法。妈的,这一段平汉路横竖是稀烂了。"

(《抗敌报》1940年5月30日,《老百姓》副刊第42期)

史　　元（墙头小说）

邓康

希望已经很少了，敌人的枪火在四面交织地围拢起来。

机要工作员史元没有随着突围部队跑出去，他的腿部负了伤。

无线电队长从他旁边不远的枣树枝子下摇着手。

他知道这意思——这是最后的命令！他稍稍挪动了一下小腿，藏到一个矮矮的小枣树下，枝杈的影子遮挡了他，他急急地把密码电报本、收发薄……所有秘密的文件都撕得粉碎，他挖起一个小土坑，于是粉碎的纸片都埋在那里了。

敌人的机枪还在不断地响着，但是他没有顾得这些，他要报告给无线电队长，让他安心。他向着队长那里敬了个礼，表示他完成了任务。

但是，他看见队长打了个翻身，两手分开来，死了。

史元绝望地看了看四面，敌人的身影在匍匐前进了……

及至末尾，他从口袋里又搜捡出妈妈的来信，那上面还写着："……好好地抗日，别叨念我，村子里都优待我……有工夫也回来住几天……"

他不愿看了，妈妈送他上前线的最后面影出现了……苍老的有着微笑的皱纹的脸……眼泪涌上来了，他的心急跳着："娘……儿子和日本鬼子拼死了……"他低着嗓子，默默地念着。

他用力地把信撕碎了，用铁一样的理智控制住了自己的感情。

敌人的矮、粗、胖的身体高了，但却是畏缩着。

他把手榴弹——最后的手榴弹，握在手里。他知道他的最后的时间到了。

他的呼吸紧促起来，他的心胸亮起来，他浑身燃烧着火。——一个从农民的儿子爬起来的布尔什维克，他认识了民族的明天。

突地，他像疯狂的野人，拖着那只受伤的腿，奔向靠近他来的敌人……

在他的高举着的手榴弹的轰然爆裂里，他的全身布满了手榴弹的碎片，同着他面前的敌人倒下去……

四一、二、十七日

（《晋察冀日报》1941年3月7日，《晋察冀艺术》副刊第8期）

镰刀也能反抗呵（墙头小说）

田间

王成在世界上活了六十三年，做过十多年长工，讨过一个老婆。当他生下那个傻丫头，老婆死啦。

到四十岁，女儿嫁给木匠。自己就慢慢在地里撒种、收割。一天天，血肉变得和泥土一样老了。

这孤单的脸像葫芦的老汉，眼还有一点儿光，他望着边区，希望跟边区再活它二十年呵。早上他还在说："敌人来了践踏我这半亩地，就同他拼掉吧！"可是他用什么去拼呢？

他没有想到枪声夜里响进村子来了，那就像打进他的小□子。从院子里他一直跌到沟边，要啼哭，泪水滴到自己的棒子上、镰刀上。他想："我死了，谁埋葬我呢？没有儿子……"

村子烧起来了，火光把冰雪都烧开了。老汉颤抖着，伸起僵□的手，要扑灭敌人的火，把村子救活。

但是，有一个家伙快摸近他，他怕得很，觉着自己已经是死了。他喊："死！……死！死！"举起了长把子镰刀！

镰刀上马上染着鲜红的血。老汉笑了，他的镰刀也杀了一个敌人。

他笑，他还要跟边区再活它二十年呵。

（《晋察冀日报》1941年3月7日，《晋察冀艺术》副刊第8期）

小红疙瘩的故事

周志强

一

小红疙瘩生得一张小红脸儿，年纪才十四五岁，没有爹也没有娘。他玩的时候老是爱拿一张纸，纸上画个小日本，他拿小剪刀，剪烂那张纸，剪下那小日本的脑袋瓜。他说："你杀了俺的爹、俺的娘，你杀中国的孩子的爹娘呀！俺就要你完蛋！"

二

那年，八路军还没来，小红疙瘩真受罪！家里穷，大人爱吵嘴，爱拿小孩子来出气。小红疙瘩就怕大人拿他出气，嫌乱打他嘴巴；他想到校里去，又怕家里没钱不给他去念书，又怕校里的先生，胡乱打他的屁股；他想躲到山上去拾柴火，更怕土匪、怕逃兵、怕抓人杀人。那些年，坏人口多，坏人比小红疙瘩身上的虱子还要多！小红疙瘩抓住虱子就放进嘴里拼命咬，他想："俺要咬死你这些坏东西，要把坏人都像虱子这样咬死！"

三

那年，八路军来了，村子里组织起了儿童团。小红疙瘩真高兴，他参加了儿童团。儿童团里的小孩儿们可反对小红疙瘩，反对他脾气暴、爱打人骂人；反对他爱咬虱子。小红疙瘩就不服，他说："俺打的骂的是坏人，俺咬的虱子是坏东西啊！"儿童团请了一个八路军来讲话，那个同志说："儿童团都是小同志，出手该打小日本，不该打自家人、骂自家人。要恨长虱子，就该爱干净；要怕出坏人，就该认真站岗放哨捉汉奸才沾呢！"小红疙瘩叹了一口气，这才心服了。

四

小红疙瘩记住了那个同志的话，他站岗，他的小眼睛可不放过一个人。那一天，天黑了，一个穿黑衣裳的人来了。他向那人要路条，那人对他说："小兄弟，我今天可没带路条，我可带了很多长生果，你要放我过去，我给你吃长生果，还给你大洋钱呢。"小红疙瘩口里说："好的，好的。"心里想："真是坏透了的家伙啦！"他就和那人耍起心眼儿来，骗着那人说："你快别出声，小丑儿的爹在路口浇地；你快藏起来，让我去把小丑儿的爹哄开，再放你过去。"那人真就藏起来，让小红疙瘩跑去哄小丑儿的爹。小红疙瘩迈了个身儿跑进了村子去报信。不到一会儿，他就带了一大群人来，捉住了这个人，这人就是一个汉奸。

五

小红疙瘩还会给游击队做探子哩。

这一天，小红疙瘩带了一个良民证，大摇大摆地逛进了城里。城里尽是日本鬼子，小红疙瘩见了日本鬼子，就连忙行个鞠躬礼，口里不敢乱说话，眼睛可在四面打听，打听有多少日本兵，打听日本鬼子扎的大营。鬼子见了，疑心起来，抓住他问："你是干什么的？"小红疙瘩说："是找俺的老爷来的。"鬼子追根究底："谁是你的老爷呀？"小红疙瘩赶快在肚子里又编好一段骗人的话，他说维持会张先生就是他的老爷哩！这一来，不怕日本鬼子心眼儿鬼，可又上了小红疙瘩的当了。等到那些鬼子明白过来，小红疙瘩那天晚上早已领着游击队进了城，把他们的脑袋打开花了。

六

游击队长说:"小红疙瘩真像一个八路军,真能!"小红疙瘩口里不说,心里可早拿定了一个主意,他一定要当一个真正的八路军。他的叔叔猜透了他的心,拿话来探他,说:"想当八路军,你的年纪还小哩!"小红疙瘩心眼儿真不小,逼不住了,他说:"年纪小当小鬼也是沾呀,小鬼不也是小'八路'吗?"

七

小红疙瘩真的当了八路军的小鬼。他上了队伍以后,工作积极,认真学习,爱帮助人,爱讲卫生,样样都好!就是还有些脾气,动不动就红脸,眼下也很改了一些过来了!

这样,前些天班长给了他一个大飞机!

(《晋察冀日报》1941年4月4日,《老百姓》副刊第55期)

大家看谁捣乱

言乃昌

一

由妮算了一算家里的人口和地亩,他知道准要掏统一累进税,但他想不掏,起码也想比别人少掏。于是他和三狗、发祥这两个和他有一样心眼儿的人商量了一个捣鬼的办法,要在大会上来一齐提出捣鬼的意见,互相赞成捣鬼的意见。

推行委员和干部们把经济区都划好了,这天晚上召开了一个村民大会征求意见。

由妮在大会上说:"村北路西大杨树那块地划成甲等不公平!因为咱们村里最好的地打五斗麦子、七斗玉荄子,而那块地却只能打四斗半麦子、六斗玉荄子。"

三狗那小子也接着说:"真有点儿不公平!"

发祥正要开口,但会场上都大声地小声地嚷起来了。

主席大声说:"喂!不要开小组会呀!"由妮说:"村北路西大杨树那块地划成甲等不公平,三狗子也赞同这意见,大伙儿有什么意见?请发表!"

会场中间站起来了一个叫成林的小伙子,他说:"由妮的意见不切实!我有一亩五分地,在村北路西大杨树下,和由妮的地划在一个经济区,平常年头儿能打五斗麦子、七斗玉荄子。他说不公平,我说完全公平。"

会场上都大声小声地说:"成林说得切实!由妮有点儿自私自利。"主席再问由妮时,由妮不知道在什么时候鬼鬼祟祟地走开了,结果由妮是被乡亲们认为捣鬼的一个了。

二

枣庄和沟里是同在一道山沟中的两个村子，相隔不到二里地，地亩人口都差不多。

枣庄他们做得快一点儿，已经登记完了。有一个区干部根据他们村里的登记表捉摸了一下，纳税人口到不了百分之七十，但还没有把握。

这一天，沟里也开始划经济区分等级了。刘到和枣庄的地挨着的一块地，他们是划为甲等第二级，年产谷六斗。可是挨着枣庄的那块地（地质阳光是一样的），枣庄是按年产谷五斗半分的等级，于是沟里的推行委员把这情形报告了区里。

区里根据这材料一审查，又到沟里根据登记表一捉摸，纳税人口能达到百分之七十以上。这就知道了，这情形（人口地亩差不多的两个村子，纳税人口一个不到百分之七十，一个能到百分之七十以上；一样地质的地，一个是按年产谷五斗分等，一个是按年产谷六斗分等），不是一块地调查的错，整个枣庄的调查工作都成问题。后来经过一番考察，才知道枣庄犯了村本位主义的错误。原来他们把程老锑那块地做标准地，没有按那块地切实的产量来算，而故意降低了一斗。这样全村的地都按那不切实的标准来推算（升或降），自然纳税人口到不了百分之七十；比起沟里的地，自然会要相差。

区里大大地批评了枣庄的推行委员会和村干部，取消了他们这一次的调查，因为他们犯了村本位主义的错误！

（《晋察冀日报》1941 年 5 月 3 日，《晋察冀群众》副刊第 3 期）

金子站岗

江村

金子今年十三岁，家住九塔山。

上月二十五，金子站岗，他和三富总是在一起的。岗在河岔村东口，离他们家有一里多。

太阳落到西山后，金子和三富走回家去，一边走一边唱着新学的歌。歌是跟村里住的周同志学的。

正走着，可巧周同志来了，他们很高兴地叫："老周！上哪儿去啦？"

周同志也笑了，他说："我没事，游玩一下呢！——怎么，你们回去啦吗？"

"是，回去吃饭啦！你看，日头早落了。"

周同志问他们："自卫队站岗的来了吗？"

金子说："还没有来呢！"

周同志想了一下，慢慢地笑着说："金子，你们回去了，自卫队站岗的还没来，要是有人打这儿过，谁查路条呢？再说，要有一个汉奸过去了那怎么办呢？"

金子没话说啦，他低下头，小眼睛看着地下  声不响。

★★★★★

今天，又轮到金子站岗了。可是三富没有来，听说三富病了，脑袋痛，躺在炕上啼哭呢。

金子想："三富家里真脏，那就是不卫生。不卫生就要病，病了就不能站岗……"

忽然后面有了脚步声，金子赶快扭过头去，谁知是四黑从地里回来了。

金子忽地想起来，他问："四叔，你们自卫队今天黑夜谁站岗？"

四黑想了想："大半是双宝和祥子吧？"

"你给他们说，可叫他们早点儿来呀！"

不知道四黑是不是听见了，他挑着粪筐子走远了。

今天可该金子省事，除了村里的人，大半天没有什么生人来往。太阳晒得很有劲，真像到了夏天啦！金子热得把小棉袄脱下来，光着膀子让风吹。

金子的小眼睛瞪得大大的，朝沟口那边望，他真希望有个过路人来一下。

太阳慢慢地转过去，也慢慢地落下去了。每天儿童团，还有妇救会站岗的，到这时候就都走了。可是今天金子没有走。

天是快黑了，金子心里真有点儿着急，他想："祥子他们怎么还不来呢？"

四黑端着一碗炒面，吃着走过来，他问："金子！天不早啦，还不回去？黑了路可不好走啊！"

金子说："祥子他们不来上岗，我怎么能回去呢？"

四月十六日写

（《晋察冀日报》1941年5月6日，《老百姓》副刊第59期）

不该要人家赔三毛钱

江村

天一亮，王老汉就提着粪筐出去了。村子里谁不说呢，王老汉这么大年纪了，还是这么勤谨。其实，王老汉的好处还不只是在这一方面，最使得人们佩服的是像他这样六十出头的人，可是比一些年轻人还要进步，还要懂道理。

比如前日里，他把儿子骂了一顿。那是在吃晌午饭的时候，长春子从地里回来，媳妇说："咱西院住的队伍借咱们的碗，使了好几天也不还——"

长春子不等她说完，就插上去："不还？问他要！真是，他们要这样，下回就不借东西给他们使。"

媳妇接着又说："我今天早晨就叫二丙子去要了，他们说已经打了，我——"

长春子更不高兴啦，他说："打啦？那就叫他赔，八路军就要讲这个道理！"

媳妇说："你嚷什么来？听我说嘛！人家已经赔过了。他们问我一个碗多少钱，我说，这晚什么东西都贵啦，这样的大白碗，买一个要三毛钱，他们就给了三毛钱。"

她说着笑着，很高兴地把三张新毛票打腰里掏出来，递给长春子。长春子一句话也没讲，接过票子往口袋里一装，就稀里呼噜喝起稀饭来。

王老汉听了半天再忍不住啦，打屋里走出来就问："是不是我去年买的那两个白碗，底上有黑釉子的？"

媳妇说："就是的。"

王老汉说："那碗我是一毛钱一个买来的，你们都知道，为什么叫人家赔三毛钱？就是今年东西贵点儿，也贵不到三毛钱，别说咱们本来就掏了一毛钱。人家同志们出门在外，不像在家里那么方便，不能什么东西都带着，咱们应该借给他们用。这晚抗战的年月，军民一家人，你们连这个道理还不懂？"

王老汉越说越生气，用手指着他儿子："长春子！你也不小了，你还这么不明理？狗日的！白长这么大，白长这么大！叫人家赔三毛钱，心里也不安，人家同志们讲道理，咱们也得讲道理。快把钱拿出来，我给人家送回二毛去！"

长春子看他爹真生气啦，说不定要揍他，只好把钱拿出来，心眼儿里可真不乐意，把票子往锅台上一丢。

媳妇在旁边更不高兴，摔勺子碰碗的，嘴里还咕咕噜噜的。

王老汉瞪了儿子一眼，放下那碗饭就拿起票子到西院去了。

四一、五、七

（《晋察冀日报》1941年5月10日，《老百姓》副刊第60期）

侦 察 员

张帆

麦子熟了，风吹着金黄色的麦穗摇摆着。

×县××庄的男人、女人和孩子都高兴地咧开了嘴，心里想："今年要丰收啊！"

但是人们忧愁起来：日本兵不许那里的老百姓收麦子，凡是割回的麦子都不给钱收到"公仓"，鬼子又组织了抢麦队，随便乱抢。人们气急了，请求子弟兵攻打××庄。

子弟兵派了一个侦察员来到××庄，他身上穿着个小白破褂子，在街上溜达，看地形，探听敌情……

他刚从一家房里出来，那边路上一群鬼子兵就来了，他们醉醺醺地摇摆着短短的身子，一下就抓住侦察员的衣领，问："八路军的侦察员在这里吗？"

"在这儿！"穿着小白破褂子的侦察员不变脸色，一边说一边还用手往他出来的屋里指着。

鬼子们放过了侦察员，跑进屋子里去搜人。这时候，侦察员趁机便溜到紧靠对面一家人的屋里，正好那家死了人在哭灵，侦察员不管三七二十一，便也跪下号啕大哭起来。

日本鬼子没有找到侦察员，临走的时候却问房东："刚才在门口站着的那个是谁？"

房东说："不知道！"

鬼子们忙着出来追，后来他们听说一个生人到对门那家了。于是，决定到那家去严格搜查。

侦察员正摇晃着身子和那家哭灵的人们一起啼哭着，泪流满面。

但是他穿的白褂子太小，腰里的盒子枪常常露出来，一个很凶恶的黑胡子的日本兵就围着他转了几次。

看到这样子，那家人的儿媳妇赶快一步走过来把哭着的孩子交给侦察员，装作对自己家里人说话的样子，她说："你去找他妈，喂喂奶吧！"

侦察员接过孩子，跨出大门，又混到大街上好多看热闹的人们里。结果鬼子没有把侦察员捉住，侦察员可把敌情、地形都探听好了。

第二天，边区子弟兵像猛虎似的攻下了××庄，缴获了几十支枪，二十辆车子……鬼子只十几个逃到×县城里。

××庄的人们欢笑着收割自己的麦子。

（《晋察冀日报》1941年5月17日，《老百姓》副刊第61期）

韩娃和张五

小姚

韩娃和张五吃过晚饭，蹲在院子里一边看月亮，看天上闪烁的星星；一边扯闲话，扯呀扯的，扯起统一累进税了。

张五问韩娃："统一累进税，怎么纳税？什么是富力，什么又是分？咱心眼儿笨，什么也不懂，请你解释一下！"

韩娃点点头，就像流水似的说起来了："张五，咱打一个比方给你听，你家种了十亩地，如果每亩地能出产一石二斗谷子，那么一亩地就算一个标准亩。一个标准亩，算一个富力，你有十亩地，就有十个富力。除去你一家人最低限度的生活费用，每人一个半富力不纳税（就是免税点），剩下的富力就每年要纳一次税。纳税的富力要只有一个，那算是第二等。第一等以一分计算，如果有两个到三个，那是第三等，第二等是每一富力以一分一厘计算……统一累进税共分十二等，第十二等每一富力以二分六厘计算，这就到了最高率，不再往上累进了。咱们村张拴小他租人的地种，要给地主交租，他要两个标准亩才算一个富力，如果一个标准亩算他一个富力纳税，他的生活就会比不上你了。像张老财，他租给人家种的地，有一个半标准亩，算一个富力。他们所有的财产也按照他家的人口，每人除去一个半富力外，剩下的每年也要给政府纳一次税。所以它是非常公平合理的。"

"为什么又是累进的？"张五又问。韩娃说："每个纳税的人，除了每人一个半富力外，都按他的财产和收入的多少收税，多的多出，少的少出。比如你有五百块钱抽两块，他有五千块钱是你的十倍，可是要抽二十块钱就不合理，因为他的钱多，应该多出些才对，这就为累进。抗日的责任是大家的，有钱的人就多出一点儿，也不会影响他的生活。"

"一切财产都要纳税,是不是?"张五再问。

"不是的。"韩娃答,"比如合作社里的资金、工厂里的资本、平粜局的股金、公债——都免税,还有养鸡生蛋的收入,长工、短工的工钱也免税。"

"为什么合作社、工厂、平粜局股金、公债等财产,长工、短工、养鸡生蛋等不纳税?"

"因为合作社、工厂、平粜局股金、公债等是建设边区的经济资源,是繁荣边区金融的,按照《双十纲领》奖励边区经济建设事业的原则,所以不纳税。像养鸡生蛋、长工、短工也是遵循着《双十纲领》提倡农村生产事业、改善工农生活的目的,所以也不纳税。"韩娃说完了。天上的北斗星已经横斜下去,韩娃对张五说:"不早了,明晚再谈。"

五月六日

(《晋察冀日报》1941年5月20日,《晋察冀群众》副刊第4期)

经济生活的一角

野明

太阳快落到山后去了,一□的影子都拉长起来。在暖风的吹动中,麦子绿油油的,不停地摇曳着。运动场在河边上跳跃滚腾着尘土,紧张的呼喊和狂笑的声音震动着。

运动场的外围,在那一块充满了石头的河滩里,指导员在和吴华谈着话:"…………"

"这是为着大家的伙食改善着想,要找能负责的人,你不干谁干哪,同志!"

"可是对我的学习影响太大了,课外时间都不能看点儿书,自己本来就心笨……"

经过指导员鼓动了很久,吴华还是这样固执着。最后指导员说:"别再推了,明天军人大会上让大家讨论去,总之好几个委员一起,几天才轮到一次值星。你想,没有党员负责,伙食是难得弄好的。"

指导员用布尔什维克党员的责任问题才最后说服了吴华,他慷慨地表示了愿意继续担负经济委员的工作。

★★★★★

一个星期以后。

早饭已经吃过了,炊事员忙着收拾家具,储藏室里也正在忙。吴华,这一个值星委员拿着秤在工作着。八十斤小米、十斤海带、二十五斤菠菜、半斤盐、一斤油,甚至一百多斤柴,都经过了他的手,每一种东西的数字都记在他的小本子上。字迹虽说有些歪斜,但自己还能看清楚。

经济委员是代表大家来督促、检查、帮助、管理班长和炊事班工作的。东西是不是对数，开饭是不是按时，饭是不是生了，水是不是开了，买的东西是不是合适，账目是不是清楚……都要他负责，大家的意见也都经过他提到经济委员会。

吴华刚离开一下，卫生员就跑几个地方找他，末了在五班找到了。他正在清查人数。卫生员把条子给他。这是一个病员，要发些面、油、盐、柴给他做病号饭，吴华连忙又回去称好给他。稍停一下，那里又来了两位抗属，他也负责来督促招待。

天晚了，吴华又忙着称东西，一方面是把买回来的东西过一下秤，另外就是准备着明天早上用的。歪斜的铅笔字又写在小本子上。

累了一天，坐下来吃碗开水，感到今天的工作还比较好，没什么人提出意见，自己把收入与支出算了一下，写出几个数字来向经济委员会汇报去。

★★★★★★

这是周末的一晚，经济委员会按照定章清算了一周的账目。他们忙了一晚，把账单写好了，经济委员会主任盖上章子，准备明天贴到俱乐部，并在点名时向大家报告。

（《晋察冀日报》1941年5月21日，《子弟兵》副刊第6期）

一个模范的老太太

纪□

　　一位六十多岁的老太太带着她那十二岁的小孙子，忙着往登记统一累进税的会场去登记自己的财产。会场里已经挤满了人，贴满了红红绿绿的标语，真是热闹。人们手里都拿着一张报告财产的单子，都怕落在后面，一个个跷着脚后跟，向前挤着嚷着："村长，让我来打冲锋，让我先报，我的是一点儿也不虚不假啦！"说着就一五一十地真实清清楚楚地报了。接着又一个说："村长，先给我登记吧！我这个也不假，要是少报一点儿，情愿把我的家产完全充了公！"接着第三个、第四个，一连串的人们，大家都是报得又确实、又详细，字字清楚，丝毫没有隐瞒。可是过了大半天的工夫，轮到一个做买卖的人，当他报告存的款和放的债的时候，大家忽然发现了他报的不确实。他放在别处一笔做买卖的钱没有报上，还有存在他亲戚家的五百多元也没有报上。有人出面来一证呀，就把他假报的事情揭穿了。那第一个出来做证明的就是那个六十多岁的老太太。老太太向着大家说："他不能就是这么一点儿，他的财产还很多哩。怎么我没有证据？他是我亲生的大儿子，虽说长大分了家，他放债的事情，他亲自对我说过。前几天我听他媳妇的口气，我就知道他这回要耍心眼儿的。你们不要学他，这样不爱国家啊！"

　　老太太还没说完又举起手挤到村长面前，她说："让我先报报，让我这个老娘来做个样子，给我的孩子看看，再给那些耍心眼儿的人们看，看我像不像他们那样不爱国家！"

　　这样老太太把她所有的土地财产一点一滴地都登记了，真是一点儿也没有漏下。大家听得很清楚，接着鼓起掌来，喊着："拥护这位老太太！反对不实报……学这个模范的老太太呀！"

（《晋察冀日报》1941年6月14日，《老百姓》副刊第65期）

一个年轻的副班长

炎田

当我第一次看见他的时候,他就给了我一个很深的印象,我感觉到他是一个很有办法的青年。他有着快乐活泼的神情,一举一动都透着机灵明敏,什么问题被他遇到都能迅速正确地解决。他的一双很大的眼睛闪闪地发着智慧的光芒。

他是七连的一个副班长。他比起一般的战士来,是那样的年纪轻和短小,然而也正因为这样,才显得他更加出色。

他极熟练而迅速地指挥着他的班,发着射击口令:"上半班前进,下半班掩护,每人三发子弹快放!敌人动摇了,冲呵!"句子像连珠般地从这青年人的口里迸出来。

冲锋号响了,我们的小副班长走在最前面,把手一挥,"冲锋了!干啊!"我看到他的大眼里闪烁着异常美丽的胜利之光。

"冲!干……"不大整齐的但是有力的声音响起在他的周围。

接着,我看到他们那个班像旋风似的卷上去,而站在那个班的前面英武俊美的身躯,不是别人而是他。

后来我从七连指导员那里知道了他。他是冀中来的新战士,今年才只有十八岁呢。

老乡们用奇异的眼光看着我们。当队伍冲进村子的时候,老乡们被这么多的年轻而健壮的子弟兵、被这么多的三八式和歪把子所吸引住了。

小孩子们瞪大了眼睛,呆呆地注视着。老太太也围拢来,像慈母般地抚摸着小副班长的头。

"累不累?这么热的天气!"

"打日本，救中国，还累什么！"

老乡们的眼睛都射到他这年轻的战士身上，好像他的身上有光在散射。

（《晋察冀日报》1941年7月3日，《子弟兵》副刊第12期）

一个雇农的儿子

章琴

梁兴参加八路军已经一年多了，村里的人还常常想着他。周老奎呢，他更忘不了梁兴，要不是梁兴，周老头儿的一条老命早就送在敌人手里了。

那是前年冬天。一天下了半夜小雪，可是村里的人都没敢回去，听说敌人还在花树塔。周老奎这个老家伙真是发了昏，他偏要回去看一下，想不到到村里不久，七八个敌人就从花树塔到了周家台。周老奎人老了，跑不开，就被敌人捉住。

敌人拿绳子把他绑起来，枪托子在他的腿上背上狠狠地捣着，棍子在他的头上敲着，要他去找女人，找酒……周老奎吓得不知怎样才好，只是苦苦地哀求。敌人说："找不来，要杀掉你的！"

梁兴那时候是青抗先的小队长，他和五个队员正分头藏在村子外面，准备扰袭敌人。

周老奎的哭叫和敌人的喝骂，他都听见了。他想了一下，决定要救周老奎。

天快黑了，敌人拉着周老奎走出村子。周老奎脸上流着血，还在哀求敌人放了他。这时候，梁兴再等不下去了，他瞄准走在顶前头的一个敌人开了一枪。敌人大吃一惊，慌忙撒开周老奎，很快地在村口散开，四下里乱打枪。二喜子藏在坡上的酸枣树后边，这时候也把手榴弹从上面丢下来。敌人以为我们的队伍来包围了，很害怕，一面打枪一面退走。勇敢的梁兴，第一个跳出来救起周老奎。

可是很糟糕的一件事，就是梁兴的左腿被敌人的枪打伤了。

敌人退走，大家把梁兴架回去，周老奎抱着梁兴的腰，老眼里感激得流出泪来。

以后，村里的人提起来总是说："梁兴这孩子实在叫人佩服！想起从前他爹在周老奎家当长工，那一家人简直拿他当牛马使唤；梁兴还那么小，就天天上山去放羊，又没了娘，真是苦得很！周老奎也实在对不起他爷儿俩，就说梁兴他爹死的时候，周老奎没说帮一下忙，短他的那十五块钱还硬逼着要，把他爷儿俩多年辛苦攒下的几个钱都逼去了。谁不背后说他……"

梁兴听见别人那样讲，他就给大家说："往年的事情不该再说它了，如今抗战时期，要大家伙儿团结一条心才行。周老奎虽说过去做过些不对的事，可是他今天是抗日的，他能进步就好，比方交公粮、出款，还有慰劳咱们八路军，他都能跑在头里，总算不错。我不能记他过去那些事情！"

去年武装动员，梁兴第一个就报名参加了子弟兵，到现在已经是一年多了，村里的人还常常想着他。每一次有队伍打村里过，大家都希望能够看见他。

（《晋察冀日报》1941年7月12日，《老百姓》副刊第69期）

喜　事

星河

我们村里头一次办统一累进税的时候，财政主任正忙着娶媳妇，穿着一条新黑裤、蓝褂子，腰上还掖着一条白毛巾。

一大群的孩子，老是在不远不近的地方对着财政主任做鬼脸，嘴里喊着："长春子！长春子！嘻嘻……"

长春子瞪着一双大黑眼，又想生气又想笑，一面忙着担水、切萝卜干，准备着接待亲戚的酒席。

长春子原来是一个光棍，前年他还是杨老元家的长工，后来被村里选举做财政主任，办事挺沾。年纪二十八九了，娶亲该也是一件好事。可是偏偏不巧，听说这个姑娘才十五岁，而且姑娘的父亲一定要八十元才肯把姑娘嫁给他。原先长春子是不要这门亲事的，后来经过双桂嫂几个人的劝说，总算费了一些周折，才算把事情定下来。

第二天，财政主任就要正式结婚了。

"喜"字的红纸条，从大门口的大树上一直贴到新房。鞭炮声一响，人们都跑到麦场里、街口，迎着一顶四人抬的花轿。

花轿摇摇晃晃地抬到院子门前，歇下。一个小姑娘，穿着一件青色绣蓝边的古装，从轿里钻出来，孩子们嘻嘻哈哈地望着。她低着头，被搀进西屋里去了。

"模样儿挺好，就是那衣服太旧呀！"

"长春子有福气！只是再大一点儿就好呀！"

男的女的，议论纷纷。

夜里，新房门口还不安静。几个年纪大的老太太吱吱喳喳地说话，劝着新娘入房。长春子在房里粗声暴气地喊着："我入他妈的！不进来！

死去！死去！"老太太又小声地劝解，新娘只是哭，躺在地上滚着。

"这个闺女真怪，怎么不听老人说话呀"

"听话呀！像财政主任这样的人，还不好找呢！"

男人们就在房子外头议论着，有的说还是年纪太小了，不懂事；有的说这是撒娇。还是杨□山说得对，他骂新媳妇的父亲，不应该把自己的女孩儿出卖。而且年纪太轻，对姑娘的身体也是有害的。他还说长春子是个干部，应该懂得新式的结婚，这旧式的结婚是一点儿好处也没有的。

幸喜，过了几天，事情终于平静下去。那天刚下过雨，长春子和他媳妇正在做饭。新媳妇身体短小，短发散在额前，遮着红红的脸庞，手不断地把头发拨开。财政主任正在用力地劈柴。

一大群没穿裤子的小孩儿又来了，"嘻嘻嘻嘻"地笑着，有的还唱着自编的关于他们结婚的歌谣。长春子照样地瞪着一双大黑眼，又想生气又想笑。

可是，就在那一天晚上，天还没有亮，新媳妇就卷了一个小包裹，哭着一定要回家。长春子心里烦闷得很，找了双桂嫂，低声地告诉她说："那家伙真讨厌，我得打她，你给我拉！"双桂嫂点头，二人就走到新媳妇面前。长春子恶狠狠地就伸手打过来，双桂嫂也马上拉着，吓得新媳妇双手抱着头大哭起来。街上的人都围来看。

长春子瞪着一双大黑眼："她不能'教育'了！我不……不要她了！滚她的蛋吧！"

新媳妇终于回娘家去了，到现在还没回来。每天财政主任很茫然地独自一个人担水、做饭，他已经失去了那又想生气又想笑的神情。孩子们和他逗笑的时候，他就会恶狠狠地拿起木块来追赶着。

（《晋察冀日报》1941年8月5日，《老百姓》副刊第72期）

誓死和鬼子干到底

张有福

日本鬼子真是一群毫无人性的野兽——呸！连野兽都不如！这一次日本鬼子在咱们边区的行凶，更把他们的那臭嘴脸显露出来了！这一伙强盗，扑到哪里，杀到哪里，抢到哪里，烧到哪里。这一些时候，我们的好多老百姓叫他们杀了，好多房屋叫他们烧了，好多东西叫他们抢了。这真叫人恨破肚皮！我虽然老早就把东西"坚壁"妥当，东西没有被害；老婆、儿媳、孙子早藏在山沟，人也没被害；可是看见我那一辈子辛辛苦苦，今年修一间，明年盖一椽，苦爬苦挣攒下的一处院子，叫鬼子烧成一堆土，心里真是气冲牛斗！说实的，那一天我在山头上看见我的房子起火时，我真想拼着我这老命拿一把杀羊刀，扑下去，抓住那些恶魔们的耳朵，一个一个地把他们扎个烂死！

鬼子从我们村里走了后，我很快地就飞跑回去，一面赶紧救火，一面看见来锁他妈、四喜老头儿、吉贵媳妇和她娃娃死的那样子，我的老泪不禁流了下来！真的，人的心都是肉长的，看见这样情景，谁能不伤心呢！

可是，后来我把泪水拿袖口用力地擦了，把牙紧咬一下。"流泪有什么用处！"我想。

我活了这样大的年纪，也经过不少大大小小的事情，每一件事情都表明：一个人总得能有"恨"心，才算是一个人，才能做成一些事。空空地伤心流泪，什么事情也办不成的。如今鬼子拿这样毒辣的手段来杀我们、烧我们、抢我们、强奸我们的娘儿们、抓捕我们的壮丁。是一个人，是中国人民，对这一群恶魔就只有恨！——恨在骨髓里!

鬼子这样行凶,还有一个意思,就是镇压我们,威吓我们。我们要只是伤心流泪,就正称了这班疯猪们的意!我们应该明白地告诉这些疯猪们:你们想错了,中国老百姓的骨头是铁打成的,不会因为你们这样残暴的烧杀,就吓得怂了下来!

四喜、来锁、言贵,所有边区叫鬼子烧、杀、抢过的人们,以及一切的我们老百姓,擦干眼泪,站起身来,做一个硬汉、大丈夫,咬紧牙关,用我们一切的力量和鬼子打下去,为死了的报仇,为活着的出气!

说一个人要有"恨"心,这"恨"心一定是长久的,"不达目的,誓不停止"。不是如一个猪尿泡,吹起来膨膨如斗,过一会儿,便小下去了。说要和鬼子打,这打一定要有确实的办法,不是急时如虎,空喊一番便完了,一定要知道:和鬼子打、取得胜利,是个长期的磨炼、"持久的战争",经得起这个磨炼,坚持着这个战争,才算真真有着"恨"心。也一定要知道:和鬼子打的办法有多种多样,我们老百姓在这一个秋季时期,加紧完成秋收秋耕,叫军民都有饭吃,这就是和鬼子打顶重要的一个办法。一切厌倦长期战争、放弃秋收秋耕的做法都和这个路径恰恰相反!

至于在被鬼子这样大烧、大杀、大抢了以后,有些咱们的老百姓有些困难,没房子住、没粮食吃、没东西使用,这是一定的。这就要靠咱们大家明白大义、互相帮助了!

这就是我在痛心过后,对我们同胞所说的话。

(《晋察冀日报》1941年10月22日,《老百姓》副刊第74期)

周 三

靳书芸

周三在我们村自卫队里是年纪顶大的一个,身子也不算壮,抬担架,哪一回都累得气喘汗流。可是,不管哪一回轮到他,从来没有讲过价钱。

在这次秋季反"扫荡"中间,敌人第一次到了×××。那是九月二十一日晌午。

那天,周三到后山去放山头哨。早上,小队长就对他说了,今天上下都没什么消息,当天大概是可以平安度过的。他吃过清早饭,怀里揣上两个干粮,就爬上后山,在一块大石头的背面站住。那是一个很好的地方,可以看到三面敌人的来路,可是却很难被对方发现。

太阳慢慢地转到正南,到处都静静的,什么也听不见。周三向四外邻村的山头哨看了又看,一个人影也不见,他肚里暗骂着:"他娘的!才松得一点儿,山头哨就不上去了,早晚要吃亏!"

太阳晒得周三身上热烘烘得有些发痒,他觉得非常疲倦,因为头天黑夜小队长临时派他给×团送信,只算睡了半宿觉。一会儿,他不知不觉瞌睡起来了。可是很快地就又一下醒过来,他知道他的责任,不应该这样马虎,他站起来抖抖精神,向东南西三面路上看了一遍,又很安心地打算坐下来。可是当他偶尔向北梁上望了一下的时候,他大吃一惊。他突然发现在北梁上有不少穿黑衣裳的人,正在很快往下走。他急忙伏在那块大石头后面探望,从行动和打扮上,他断定那是敌人无疑了。他马上朝山下飞跑,在快到山脚的时候,他就拼命地叫喊起来。

村里的人还有好多机关和部队里的病号,听见他的叫喊,都急忙

跑出村外，朝南沟和西梁上转移。

说起来真是不巧得很，周三在山脚下跌倒了，他跌得很重。当他勉强爬起想往前跑的时候，敌人已经下来。

"不要跑！"敌人怒喝着。

周三终于被捉住了，但是他很安心，因为他看见在他村里隐蔽着的病号和村里的人们都已经跑出去。

"这里有没有八路军？"敌人问周三。

"没有。"周三说。

敌人又问："哪里有八路军？"周三很简单地说："不知道。"

敌人恼怒了，鞭子、棍子和枪托一齐向他身上打去。周三知道这时候是没法逃脱的，他只有咬紧了牙忍受着。敌人再三再四地问，枪口对着他的心口，但是周三只有一句话回答："不知道。"

他浑身痛得麻痹了，血从头上、脸上、背上、腿上……流下来。后来他再也站立不住，就躺倒在地上，敌人的皮鞋终于开始在他的身上猛烈地踢着、口着。一会儿，敌人像是有了新的发现，便把周三抬到河槽里，三四个敌人把他按住，让他在河里喝水。冰冷的流水呛噎着周三的嘴和鼻，口口有一种说不出的难受。最后，他晕了过去。

天快傍晚的时候，敌人走了。可是村子里的火正烧得厉害，照得满山通红。

村里的人回来了，把周三抬到村里。过了很长的时间，周三才慢慢地睁开了眼。他看了看在他四周围站着的那些有病的同志们和他的乡亲们口口，他说："我不能为了我一个人的生命叫大家受害……"话没说完，他嘴里又吐出一口鲜红的血来。

（《晋察冀日报》1941年10月22日，《老百姓》副刊第74期）

那两个村干部

　　一天夜里,双包子已经睡下了,忽然外面"嘭,嘭,……"地打起门来。双包子心里有些不耐烦,他想着:"十好几天都没睡过安稳觉了……"可是他没有迟疑,就大声问:"谁呀?"

　　"我,××大队的。快起来吧,村长!"

　　"什么事呀?"

　　"麻烦你,给我们派一副担架。"

　　"啊呀!这个找我可不沾,派人要找武委会主任。"

　　"你们武委会主任在哪儿住?"

　　"村东头,那个有碾子的朝西的大门。"

　　外面没声音,大概是找去了。双包子又睡下去。

　　"嘭,嘭……"双包子刚迷迷糊糊要睡着,门又响了。

　　"村长!武委会主任家里一个人也没有,你快带我们找一下吧,我们的病号可不能在路上耽误呀!"

　　他没有答话,先想了一下,马上就披了衣裳坐起来:"好吧,我给你去找。"心里不由地骂:"老二真不该,这不是工作'消极'?……"

　　走出门外,风刮得真冷,四下里黑漆漆的,什么也看不见,幸亏那个同志带了个电棒。"同志你跟我一道去吧,武委会主任大概是在四沟里的那个场上睡的……"

　　没有说完,那个同志就问:"敌人退走好几天啦,干吗还不回来呢?"

　　"是啊,我昨天就告他说,区里有命令叫老百姓快都回家,你是个干部,可要做模范呀!谁知道他还是不回来,真是……"

　　山沟里的路实在难走,满地大石头、小石头,还有水、泥。忽然黑地里狗子叫起来。双包子说："到了。"

一面就爬上一个小坡。

"老二！老二……"他叫了有十来声才听见答话："谁叫我？"

"我。老二！快起来，这儿有××大队的一个同志，叫快派一副担架。"

"派担架？……呵呀，这可怎么办，这会儿哪里去找人？"

"麻烦你快找找吧！"那个同志很和气地说。

"等天明了再说沾不沾？"

双包子忍不住了，就插嘴道："这个同志说有个病号，怎么能耽误？快起来找人吧，实在找不够，我顶一个。"

那一个没有话说了，只好起来。

派好了人回来，双包子带着几分不高兴地说："老二！区里叫老百姓回去，你不知道呀？你是个干部，还在沟里不回家。我知道你那个心眼儿里想的什么。你要知道，这就是工作'消极'呀，这可要受'批评'呀！你想……嘿！躲过鬼子，还要躲自个儿军队？"

"我知道你说得都对。可我有什么办法呢？村里人都不愿意回去，住得又是那么散，派人，我哪里去找呀！再说，病人又那么多，那些懒东西动不动就装样。就像刚才派长岭子，他说肚子疼得不行，派赵瑞他又说腿疼得走不动……"

"是呵，这些都是有的，可是你一个当干部的，要'克服困难'呀，要'说服'呀，有了困难就一躲，该吗？都这么着，抗日工作就不用做了，随了日本算球！"

双包子话说得也太过火，老二脸都红了。他说："你不用再说，我明个一早就回去。你……你说得也太什么，我不给你□……"

双包子再没说什么，他们俩在村西口分了手。

（《晋察冀日报》1941年10月31日，《老百姓》副刊第75期）

张大嫂杀敌记
——反"扫荡"故事

郭光

九月十五日是一个非常阴沉的天气,浓重的湿雾弥漫了山顶,蒙蒙的细雨还不时落着。听到敌人搜山的消息,××村的人们便背着行李家具,牵着牛驴,赶着猪羊,扶老携幼躲进了山里。张大嫂——村妇女部长——也带了自己的两个孩子,离开了村里。把孩子们安置在山洞内之后,自己就爬上了山顶,瞭望着四面的敌情。

晌午的时候,大队敌人进了××村。一阵乒乓的声音过后,和周围其他村庄同时,水泉村也冒出了万丈黑烟。这烟飞到空中和那浓重的白雾搅作一团,向四面扩散开来,霎时间弥漫到数十里内的每一个山沟和山岗。接着在浓雾里传过一阵喊叫救火的声音,她知道这又是那些卑鄙无耻的汉奸们玩弄他们的欺骗伎俩。当声音越来越近的时候,她急忙钻入了洞内,抱起那个三岁的小孩儿,看着一大群敌人和汉奸从自己的前面走过后,远远地又有一个敌人东张西望地走了过来。这时她把孩子更抱紧了一点儿,看看孩子脸上两只满含泪水的眼睛,正呆呆地望着自己的面孔,于是她轻轻地在孩子的脸上吻了几吻之后,又低声地把孩子安慰了一下,然后闭住呼吸,静静地等待着度过这个危险。不料当这个最后的敌人刚刚走过洞口不远,"哇"的一声,孩子哭了。她本能地立刻用手握住孩子的嘴,可是孩子的哭声越大了。跟着这哭声,鬼子停住脚步向后望了一下,便顺着声音向洞口走来。眼看到了洞口,她想起敌人奸淫烧杀的惨状,知道这一来娘儿三个必须丧命,心想自己死了倒是小事,两个孩子死了,岂不是辜负了前线抗日的丈夫。想到这里,她自己定一定神,把孩子掷在一旁,从洞内爬出，迎着鬼子走来。鬼子见了，嘴里咕哝了几句，禁不住把一切危险都忘到了九霄云外，撇下枪便如饿鹰般地向她猛扑过来。张大嫂看见敌人那种野蛮的形状，知道机会已到，趁着敌人向前拥抱的时候，顺手从鬼子腰里将刺刀拔出，用尽平生气力冷不防从左胁下将刺刀穿进了鬼子的胸膛。鬼子的两手一松，她又就势一推，鬼子立刻跌倒在地。接着，又狠狠地刺了几下，鬼子便如死猪般躺在地上无声无息了。她见鬼子已死，马上将尸体拖入洞内，就地捧了些沙土将鲜血埋住，拿起地上的枪，重新钻入洞内。

黄昏的时候，××村已找不到一件可供破坏的东西，兽军们带着罪恶的血手滚蛋了。当村里的人带着悲惨与愤恨的心情从山沟里回来的时候，张大嫂正背着那光荣的缴获物——三八式步枪——在街上救火。

(《晋察冀日报》1941年11月18日，《老百姓》副刊第77期)

反"扫荡"小故事

小东

一、石头的用处

晋察冀的山沟有很多很多的石头。

石头可以垒地边,可以盖房子,还可以把它做别的用。

但是,石头对我们却还有更多的用处。边区的人民在每次反"扫荡"的时候,对敌人的走狗——汉奸,他们只要是见到了一个,就一定要把他捉住,要不也一定要把他打死。可是,他们的子弹和手榴弹很宝贵——要留着打鬼子,因此,就用石头当作武器。

可是,石头的用处不就只是这一点点,还可以用它防身呢。

俺们村的二锁子是个放羊的,他天天赶着羊上山去。

"嘘——嘘——"

要有一只羊不听话,他就拾起一块石头投去,啪的一声,恰好落在羊的旁边,羊受了警告就跑回来了。

这样,天天在投着石子,所以他练得投得很准。

有一次,二锁子不小心给敌人抓住了。☐鬼子装着笑脸,拍拍他的肩:"大大的好的,年轻人!"

二锁子在前面走着,鬼子在后边慢慢地爬,只要掉远了几步,鬼子就着了急:"等等的,等等的!我下去,给你好东西,要什么就有什么的!"

正在这时,二锁子蹲了下去,拾一块石子,趁鬼子走得上气不接下气的时候一举手,石子就飞了过去。

"我要你的眼睛!"

"啪!"等敌人抱着脸滚了几滚,二锁子已经翻过一个山头去了。

二、在边区的地方

李良□是××团的小鬼同志,今年十二岁。

反"扫荡"时,营长说他太小了,把他"坚壁"在一个老乡家里。

九月二十八号那天,敌人进行了搜山,就把他搜了去。当时他心里很慌,可是过了一会儿也就不慌了。

一个留着胡须的日本鬼子,样子像个老马夫。他给了他一匹大洋马,要他拉着走,洋马上面驮了很多很多的东西。

他在前边拉着马走着,鬼子在后面一颠一拐地跟着。过了一会儿,鬼子就掉在后面很远了。他走着走着,碰到一个年轻小伙子在山坡上慌慌张张地走着。

他心里想:"别是个汉奸吧?"

但是那个小伙子正在看着他,并且蹑手蹑足地过来了。

"你是干什么的?"那个小伙子问他,惊讶着看着他拉的那匹大洋马。

"你是干什么的?!"李良□反问他,更加害怕起来。

"你不是汉奸□?"

"你才是汉奸!"李良□受了侮辱,就跟那小伙子骂起来了。

后来,他俩都觉得有点儿不对,李良□就问他:"你是不是青抗先?"

他说:"是的,你呢?"

没有答话,李良□又问:"这里是什么地方?"

"□峪!"

"□峪是边区的地方吗?"

那个小伙子点了点头。李良□马上就乐起来了。回头看看那个日本人，还掉得老远。于是，他就和那小伙子赶快拐过一个山角，就从路旁那个沟里蹿下去了。

日本鬼子在路上走着，后来他听到前边的脚步音渐渐远了，不见了。他急忙从大路上追去。

但是他们两个走下了沟，□转过几个坡，就把大洋马送到××团去了。

（《晋察冀日报》1941年11月25日，《老百姓》副刊第78期）

小 玲 子
——一个工人的故事

萧沈

九月二十三的早晨，天还没有亮，从行唐苇叶出发的鬼子到曲阳包围了沟里村。

鬼子用枪射击着，我们百十多个无辜的同胞被他们杀戮着，鲜血汇流成一团。

小玲子是这村里的一个钉盆补碗的小炉匠工人，是工会的会员，平日对抗日工作是很积极的。不幸他这回也被鬼子捉住，同二三十个人放在一个房子里。

在另一个房子里的一群人正在被鬼子活活烧着，小孩子被烧得呱呱地叫、哭，女人□着，还有的在挣扎着。

哭、叫喊、呼号和火的响声霎时间成了一片凄惨的声音，烧人的臭味一股一股地吹到每一个人的鼻子里。

鬼子的这般残忍、毒辣、罪恶……小玲子是全看到了，他想，再过一会儿，他们这屋里的人也许会尝到这种滋味，也像这些人们一样地受到这种苦刑和死。他忍不住了，又不能看下去了，于是他对大家说："乡亲们！咱们干吧，不要等死了。"

一屋子的人，你看看我，我看看你，谁也不作声。

一会儿，一个老年人说："干也没有用，这么多的鬼子，怎么可以下手？没法子，只得听天由命，该死就死算了。"

还有几个人说："鬼子也许不杀咱们，咱们大伙儿谁也不要大声嚷了，还是耐心地等一会儿吧！"

小玲子急了，大声说："你们不干我自己也要干了！"

"干！不能再等待了！"几个年轻的人同意小玲子的话，准备冲出去。

小玲子手里抓起他那平日用惯了的锤子，每个年轻人也拿好了自己的武器——棍棒之类的东西，推开门子。小玲子在前，大伙儿一齐跟着冲出去。

刚一出门一个鬼子看见小玲子的这种举动，便把那锋利的刺刀尖对准小玲子的胸口，猛地就是一刺。小玲子手疾眼快，身子一歪，手里的锤子丢出去，打得鬼子一愣，大声叫起来。另一个青年人上去又加上了一棍，这回鬼子可没命了，身子倒下去。

三八式大枪托在小玲子手里。

一大群鬼子跑拢来，大部围住他们，向他们打枪，也有的去看那个被打倒的鬼子。

"冲！"小玲子当前，带起这群人打开一条路，逃脱了这个圈子。可是刚到村边又有百十多个鬼子挡住了他们的去路，许多枪向着他们射击。但是小玲子领着这些人还是坚决地冲，鬼子的枪弹虽然密密地飞过来，却止不住他们，终于在他们的一齐努力之下冲出了敌人的重围。

（《晋察冀日报》1941年12月2日，《老百姓》副刊第79期）

两位医生

曹永林

那天晚上，月亮光照得明明的。××区的老乡们在一个戏台下拥挤着看联大宣传队演戏。

在第一幕演完以后，正锣鼓喧天的时候，一个剧团的同志出来宣布了："大家注意！现在孙区长讲话。"马上大家鼓掌欢迎起来。

紧接着，孙区长出来讲话了："××区的老乡们！因为日本鬼子的烧杀抢劫，我们在反"扫荡"当中，真不知吃了多少苦。可是咱们有英勇善战的八路军，又有咱们老百姓帮助作战，到底把鬼子打退，得到了伟大的胜利！但是由于敌人残暴的糟害，我们××区各村疾病流行起来，许多人病了不能做活。

"一开始，我们区公所就把当地的医生们召集起来了，告诉他们说：'眼下病疫流行，大家要多帮忙，药□可以便宜些，因为咱们边区同胞是应该共患难互相帮助的。'可是不幸得很，在这里面就发生了一件不人道的事情：一提起李先生来，大家都知道，他刮人刮得太厉害。上一回他给一个病人抓了几年前的陈药，人家吃了不顶事。可是我们顾及他是个医生，为了他的面子，所以只□他□了甘□，没有把他押起来。

"谁知道他剥削人的那个坏心眼儿不但是改不了，这回更厉害了。就是史家庄的杨××家里有个病人抓他的药，里面有一味犀角，他给了人家假的，病人吃了以后就发起疯来。我们听说了，叫病人不要声张，再去抓一副，抓回来仔细一检查，果然是假的。大家想，像他这样的害咱们老百姓、发国难财的，我们能不处罚他吗？所以就把他押起来了。我们一定要清算他，看一共刮了老百姓多少钱。"

孙区长说到这里，大家马上一齐喊起来："反对挖苦老百姓的！""反对发国难财的！""惩办李先生！"

接着孙区长又说："另外，还有四街的一位医生张玉先。他虽然人老了，可是一点儿不怕劳苦，整天下乡给各村老百姓们看病，看好的人很不少。他还给军队上看病，×团团部×股长就是他看好的。他的药很便宜，总和李先生的药价差一半子……我们准备将来给他送一面荣誉匾。"

孙区长讲完话以后，虽然继续着第二个节目又开幕了，但是大家的评论声还一股劲儿地在嘈杂着。

（《晋察冀日报》1941 年 12 月 2 日，《老百姓》副刊第 79 期）

哥哥到部队来看望

杨立纲

"哥哥！你别老来看我。我在反"扫荡'中没有什么不好的，并且将身体锻炼好了，你看多么壮呀！"一大队小司号员刘志明对他哥哥说。

"哈哈！"他的哥哥笑了，"因为在反扫荡中东征西打的，家里不放心，所以来探听一下。"刘志明的哥哥很快乐地回答。

"那怕什么！我们在反"扫荡"中得了一挺歪把子，还有十几支新大盖，打了好几次胜仗呢！你回家同家里人说吧！我现在快乐极了。"刘志明大声地说着。

"哈哈！"他哥哥又笑得不住嘴，高高兴兴地回去了。

（《晋察冀日报》1941 年 12 月 3 日，《子弟兵》副刊第 21 期）

我们要有轻机枪

——两个英勇青年的故事

希光

"我们没有轻机枪,所以时常不能把小股敌人完全消灭,误事不少,怎样搞一挺来才合适?"

定县游击队员在和"爱护村"两个青年谈话。

"那不难,我们一定可以弄一挺来!"青年很自信地答着。

一个天气清朗的上午,没有风,太阳很温暖地照着。约在十一点钟的时候,两个青年走着路,一个手里提着饭罐,一个提着一篮白馍,上身穿着汗褂,腰里叉着家伙——独角牛,到碉堡里去。

在铁丝网外遇着两个鬼子在散步,彼此也都没有答话,各走各的路子。

碉堡里住着两个鬼子,散步去了。还有四个伪军,两个出差了,只剩下两个还在床上躺着,吸纸烟。一见青年进来,就说:"好的好的,饭送来得很早。"原来住在敌人据点附近村庄的老百姓得给伪军"送派饭",两个伪军下床来就吃饭,什么也没防备。四支长枪——三八式,和一把盒子枪都在墙上挂着。这时除吃饭的声音外,一切都是静悄悄的。

"站住!不许动!"小而粗壮的声音从青年的口里喊出来,独角牛的枪口对着伪军的脑袋,霎时伪军上了绑。另一个青年将铁丝网的门子关好,挡住鬼子不能进来,就跑到碉堡的最上层去,看见轻机枪在发亮,好像是表示欢迎他一般。他并没有留意别的任何东西,就把可爱的轻机枪扛在肩上,下了碉堡。这时下面的一个青年早把盒子枪挂在身上,又披上了装着子弹的子弹带,四支三八式的枪栓全在他的口袋里，飞似的跑着回来了。

工夫不大，只听见附近的那个碉堡在响枪。

(《晋察冀日报》1941年12月20日)

有骨气的老太太

苏里

这回边区反"扫荡"胜利以后,我们慰问队去慰问过这样一个人家。那是一个宽大的院落、四合头的房舍,门窗都没有,满屋院粪草成堆,一看便知是鬼子的马号所糟践成的,要不是秋凉,早已臭到大街去了。当我们站在院中招呼房东的时候,屋顶上一个小姑娘首先看见我们,便跳叫起来报告她的母亲——一位四十多岁的老太太。她正在做饭,见到我们,先安了两个凳子,并用着惊喜的眼注视了好久。

"老太太受苦了吧?"我们见面就问。

"哈,没有什么,你们好吧?"我听了这笑脸轻松的口气,又看见把坏了的窗子用高粱秆与白纸糊好,做的棒子枣儿饼烤在火上,烧出一股家常饭的香味,还切着萝卜菜。看到这样的情景,我便立刻简单地暗暗下了一个判断,她一定是没有受敌人什么损害的!

"家里的人都好吧?"我们问。

"没有什么,"她停了一下切菜,抬起头来说,"就是他爹与儿子还没有回来。"

"上哪里去了呢?"我们顺着追问一句。

"以前在长寿,现在大概坐火车走了吧?我也是从长寿跑回来的呢。"

这个还是笑脸平静的回话立刻推翻了我刚才的那个想头,好奇杂疑的心促使我们请□□□逃出敌人手里的英勇斗争。

"自从鬼子从后沟打来,占了这个地方,叫人们都是一家一组,不要分开,等什么'□收安民',过了两三天又叫预备棉衣,接着便用刺刀把人们赶到陈庄,开了几十辆汽车来运走了。"

"以后怎样呢?"我们插嘴问。

她接着说:"到长寿的第二天,听得有人说,女人上年纪的可以跑,敌人看管得不厉害,我就从一个驴圈洞里逃出来,在离长寿十里地远的一个村子见了那儿的村公所的负责人,找到个安身的地方,又费了很大的心血,两次担着心进长寿,才把女儿与媳妇救出来。我就是后悔没把儿子也叫出来,走了三天半才回来……"她平静如常,一直是笑容满面地说下来,以后她又说了一些受苦的经过,同样没有露出丝毫的可怜样子,而是一种英勇斗争的自述,只是在她讲村妇女部长逃出长寿又被宪兵捉去时,咬住牙显得对敌人特别气愤。

在她讲完了故事以后,那种安静稳当的气派使我们一时无话可说。在片刻的沉静之后,我们才安慰了她几句,可是她很有自信地回答我们:"愁什么?剩下一个人也得过活,不在了的由他去,在的还是干,有人就有办法,有政府有军队,什么也难不住。早迟咱们准得要报仇!"

我们对这位老太太的精神真佩服极了。她和丈夫儿子一齐被敌人捉走,如今她回来照样起劲儿地过活,并没有丝毫悲观失望的样子,可见她的精神是鬼子永远不能征服的。这是一个很有骨气的老太太。

在回来的时候,有人告我:"她的丈夫当过村代表,儿子是儿童团长,她一句就是明理的人,抗日很积极!"第三天,我住在这个村里,还亲眼看见她和小女儿喜笑地背着谷子从地里回来。

(《晋察冀日报》1941 年 12 月 23 日,《老百姓》副刊第 82 期)

钢　　笔

秋山

一

打反"扫荡"以前,他就攒下了五块钱,这回又发下两个月的零用费,他终于买了一支三号"福特",假牌的。

黑光的笔杆、金亮的笔尖在小司号员刘占明的心中引起无限欢喜。他马上缝了一个细长的小口袋把它装起来;半天工夫,蓝墨水也配好了;而且订了一个新日记本子,用新钢笔记日记。他把字写得又整齐又美丽,好像害怕写坏了对不起笔。

不到三天,他用新钢笔写好五篇通讯稿子,交给宣教干事了。他想:"用钢笔写的,写的字又好看,内容也差不多,一准会登出几篇来,或者至少那篇《理发员打柴做模范》一定会登。"

二

刚参加部队的新战士王一福要借刘占明的钢笔抄识字牌上的五个生字。

刘占明踌躇起来了,要是旁人,他还愿意借,但是王一福在家拿惯了锄头,却没有摸过笔杆,要是拿起笔来像掘土似的使劲往纸上戳,弄断了笔尖怎么办?……然而,他还是笑着脸把笔掏出来。因为上级不是号召"爱护新战士"吗?再说,要不借他,自己就是农民的"保守主义"……

自从有了钢笔,他哪一天都是欢天喜地,不但学习积极,而且工作也更加努力了,吹号从来不再误时误刻,甚至号声也结实和清亮了。指导员在晚点名时表扬过他,通讯班长昨天还做了一篇墙报,题目是《向模范的小司号员看齐》。

三

星期六的晚上，刘占明和班长去井边汀水，准备明天一早烫虱子。在千百次注意中的一个疏忽：刘占明口袋里的钢笔滑溜溜落到井里去了。

班长不让他下井去摸，说是很危险，会淹死的。

四

夜，刘占明睡不着觉，悄悄地爬下炕，怕被哨兵发觉，把他当作开小差的捉了，所以，他绕过室后的荒场，不知哪一枝荆棘扎疼了他的没穿鞋子的脚。

他立在井边，井黑洞洞地张着大口，一颗星星的影子在井底下摇闪。

他记起了班长的话——会淹死的——于是他倒抽着一口冷气，顺手捡了一块小石头扔下去。他的心和石头落水的声音同样沉闷。

………

他忽然嘲笑着自己的胆怯，于是咬着牙，他一步一步往下蹬，手细心地试探每一个突出的砖块，脚践踏着一个个惊慌。

那是一个危险的尝试，他最初用手，后来用脚，再后来用两手抓着一块砖，把身体插进水里，用脚去摸笔；水被搅混着，轻轻地哗叫起来，但他的脚却碰不着水底的泥层。

…………

一件更苦痛的事使他慌乱了，因为他没想到自己再也没力气往上爬了，手抖着，一双脚疼一阵酸一阵。他开始大声呼喊，并且诅咒着天为什么比往常亮得迟！

像一只壁虎爬在墙上，他死劲儿保持自己的身子，使不会掉到水里去。

五

早上，首先是放哨的去叫司号员吹起床号，东找西找没有找到，急得把指导员、管理员、理发员什么的都叫起来了。

管理员跺着脚嚷着："跑了，一定他妈的开小差了……"

指导员心里有点儿数："不会是开小差吧！平日里表现得很不错……"

通讯班的人都派出去找了，理发员以为他一定会往东跑，一口气顺着小道追下去十几里。

通讯班长揉着红沙眼，走到广场，一眼看见远远的那口井，忽地记起了昨天的故事，便往那儿跑去，他看见井里边的黑壁上有一个黑影。

六

刘占明被救出来了。

他感受太多的委屈，一个劲儿想掉眼泪，但他极力忍着，并且偷着拭去了一颗忍不住的泪珠。

一直到第二天，他还是呆子似的，不说话，也不学习。理发员送他半截铅笔，一个钟头以后他便丢了。

课外活动的时候，通讯班长从口袋里掏出自己心爱的钢笔，像亲哥哥一样地拍着刘占明的肩膀："刘占明，我这支钢笔送你！"

"怎么？"刘占明惊愕了，他嗫嚅着，一片红焰飞上他几天来特别苍白的脸。

"我用不着这支钢笔，我自己还有铅笔，你收下它吧……"通讯班长充满一肚子的热情和友爱，但笨嘴笨舌的他，热情上升到咽喉，却只吐出了半截话。

刘占明用潮湿的眼向班长表示深切的谢意，一分钟过后，他伸出颤抖的手，接过班长的笔。

七

那夜，刘占明翻了一百个身子还睡不着，脑袋呼呼地叫唤。他知道，班长的笔是十二块钱买的，司务长那支四号"福特"要和班长的调换，班长还不干呢！但为什么班长今天会把笔送他？！

——班长不爱笔吗？不是的，班长轻易还舍不得使它呢！

——但班长为什么送我呢？他舍得送我？！

——我又没有跟他要，他却自己送我……

一连串的问题击打着刘占明的心，犹如无边的波浪击打着岩石。最后，他恨恨地想着——管他为什么，反正我又有了一支钢笔，而且比先前的还要好。接着，他索性把头缩在被窝里。

八

被扔弃在破饭包里的日记本，今天早上又被刘占明温暖的手翻开了。他有意无意地，眼光落在丢钢笔前一天的日记上，一句话突然像一支火箭射中了他的心，那是指导员在政治课上讲过的一句话："我们必须克服农民意识，如保守主义、小家气、小度量、患得患失……"

他凝视着这一句话，奇怪，每个字都像在跳跃。不，不是跳跃，而是在笑，每个字都在笑。

然而，这笑不是好意的，而是讽刺的笑。刘占明苦恼地思索着，他想在贫乏的脑筋里挖掘出一些什么东西来，如同穷人家的孩子在收获过的马铃薯地里挖掘着可能残留在地里的小马铃薯似的。

一缕太阳的白光从密层层的阴云露出。

一线光辉渐渐从刘占明沉沉的心里涌泄……

九

突然像蚂蚱猛地一跳，他跳起来，跑去找班长。

"班长，我知道了，我错啦，我是农民意识！"

"嗯？"班长摸不清发生了什么事。

"班长，还给你这支钢笔。你太好了，但是我不能要……你是团结友爱的模范……我……我是自私自利的农民意识……"他的话像春天解冻的河流一样地倾泻，他要在班长面前倾泻出自己复杂的心曲。

惭愧和欢喜在他快乐的脸上燃烧，泛上红热的光。班长微笑着，一肚子的话想说，但快乐而激动的心情使他的嘴和舌头更加笨了。

（《晋察冀日报》1941年12月28日，《子弟兵》副刊第25期）

贺 年 信
——孩子们的故事

渔村

二猛放学回来，一个人在路上走着。因为刚下过雪，山路上尽是冰，走起来挺滑的。可是他还是一边走，一边心里想："老师说，再过三天，就要过年了！同学们要拜年，要写贺年信。我也要写封贺年信……给谁写呢？……要写些什么话呢？……"

二猛想着想着，想起罗方来了。不错，二猛和罗方顶相好了，他们两个从来没有打过架，吵过嘴；并且常一块儿上山去割草，也常在一块儿站岗。二猛先前当儿童团长的时候，罗方就是指导员呢。

"好！就写封贺年信给罗方吧。"二猛决定了。

黑夜，二猛在灯底下给罗方写贺年信。他把灯挑得亮亮的，取出一张顶白顶整齐的纸。想了一会儿，他就很小心地写起来："罗方同学，现在又过年了，我长了一岁，你也长了一岁，希望你努力，要进步，积极抗日工作，加紧站岗捉汉奸，□□□□最重要，恭贺新西。'

写好，二猛很满意，就是老师在黑板上写的"恭贺新禧"的"禧"字，忘记怎么写的了，想了半天想不起，就写了个"西"字。他心里想……念着差不多也就行了。□二猛到罗方家去，罗方正在那儿写字呢，看见二猛来了，连忙拿手盖住。

"写什么不让人看？"二猛抓着罗方的手，偏要看。

"你别忙，还差两个字就好了，写好再给你看。"

"对我说，是什么？"

□罗方笑着："贺年信就是写给你的呢。"

二猛一听，也笑了："好，我也写了一封给你呢。"说着就打开那本国语课本,把信拿出来说:"你快写好,咱们换了看。"

罗方写好了信,☑头天晚上写的贺年信给罗方。

二猛看罗方给他的贺年信上写着:"二猛同学:新年了,大家都大了一岁了,我们要求进步,要积极抗日,要加紧站岗放哨……"

没有看完二猛就嚷:"咦!怎么你写的和我写的一样?"罗方看了二猛的贺年信,也嚷:"咦!怎么你写的也和我写的一样?"两个人一齐哈哈大笑起来。

"好!咱们就这样一块儿努力吧!"二猛说了,拉起罗方的手,一块儿跑了出去。

(《晋察冀日报》1942年1月1日,《老百姓》副刊第83期)

城（墙头小说）

中国人

月亮从察哈尔的小平地上滚上来。

它照耀着故国的灰色的城，它的光芒是忠诚的，它用它的光芒温暖着我们多难的土地。

城内。

屋子空寂得很。队长带着血斑的眼在□□□望着。他的心很痛苦，——像他家乡的一条江，那鸭绿江正在不安地滚滚地流着……

他走出去。

从旷野上，今天他看见几个兵士远远地绑着一个孩子走近来。孩子的肩上背着一袋莜麦面。

——队长，他给八路军交公粮去。

——嗯……

队长微笑了，他伸手解开孩子身上的绳索，而且深深地抓住孩子的手。

——去吧，多交些呵！

——不能，不能……队长！

他的兵士固执着。

——不能……你忘记自己是中国人了吗？你忘记□占去了我们的家乡呢？……呵！兄弟，你忘记了吗？

队长低低地哭泣了。

夜深了。四月的夜，小草在月光下长起淡绿的姿色，小虫子也在叫哩。

一九四二年一月

（《晋察冀日报》1942年1月24日，《晋察冀艺术》副刊第28期）

模范夫妻

杨廷辉

十二月五日的下午,有黑水坪村的一个青年,名叫胡常毛的,他自动要参加部队,他的老婆还亲自送他。五点钟的样子,他俩一同到了×团四连。

"这是四连吗?我要参加你们连当战士!"

指导员听了连忙过来招呼,并笑着问道:"参加队伍,你不怕苦吗?"

"怕什么!这是为了国家民族的解放呀!再说,在你们八路军里最快活不过了,可谈不到吃苦!"胡常毛非常坚决地说。

这时候,他老婆也抱着孩子走过来,很高兴地说道:"同志!你是指导员吗?听说你们四连真好,连长和指导员对战士们都很关心。俺们村有好几个人在你们连工作,他们常说连里什么都好!我家男人可真是老诚,不懂什么,你们可要多教育他呀!"

"请你放心吧!大家一定会多多帮助他的。"指导员说了又向她问道,"他当队伍你乐意吗?"

"怎么不乐意!到咱们八路军里边来比在家还好呢。"

大家又谈了一会儿,她才很欢喜地抱着孩子回去。

(《晋察冀日报》1942年3月3日,《老百姓》副刊第92期)

母亲的怒骂

田达夫

郝士芳是××团五连的青年炊事员。他原先本是×连的,因为"老婆观念"太深,曾经开过三次小差。上级为了教育他,所以开了斗争会以后,还让他当炊事员,希望他能改过。

谁知道郝士芳丞不能改正他的错误,一天又借出外买烟为名,跑了回去。

当天夜里,二排长和两个同志就跟了下去,离他家三十多里,不到天明就和他见面了。

第二天,二排长和两个同志带了郝士芳要回队伍了,他的母亲又生气又伤心,她不住地骂着:"不知道我哪辈子遭了罪,修下你这么个不争气的儿子!你想家,也可以写封信来,或者请假回来看看也行呀!为什么做这不要脸的事情呢!现在还有比抗日再光荣的吗?"

她跟在后面用手指着郝士芳大声地怒骂,眼泪也随着掉下来。

"吃饭?连门也不叫你进!就是同志们不来找你,我也一定要把你送回去。你看,人家同志们工作多积极呀!怎么我就修下了你这丢人的儿子!"老太太哭得更厉害了。

郝士芳闭口无言地低着头,慢慢地离开了他母亲,跟着二排长他们回去了。

(《晋察冀日报》1942年3月17日,《老百姓》副刊第94期)

代　耕

罗更生

"爷爷，休息一会儿吧！看你脸上的汗！"一个十三四岁的小姑娘，提着一罐水，走到爷爷跟前。

"——不！你爸爸当兵打鬼子去了，家里地没有人耕，我年纪虽然老了，但我也应该在后面加紧生产啊！"白发飘飘的老雷叔弓着长年挺不起来的腰肢在掘地，一会儿停下来，右手扶着镐柄，左手擦着头上的汗。

小姑娘将水罐放在地畔上，悠然地望着淡蓝的天边，不知想起了一些什么。后来，她又把眼睛落在水罐上，说了："爷！你喝水吧！不是说有人给咱们代耕吗？！"

"唉！代耕！谁家没有地呢？谁家不是在忙着？他们要给咱们代耕，他们的地也得耽误了……"老雷叔无力地坐了下来。

"爷爷，你看那些队伍是干什么来呀？！"小姑娘一眼看见打山坳里转出来一支小小的队伍，带着闪亮的镐和锹。

老雷叔忙着瞧了半晌，队伍已经来到他面前不远的地方了。

"人家是去开荒的，哪一个都是年轻力壮的小伙子……"老雷叔轻轻地叹气了，他想到自己老了……

奇怪，那支队伍走到老雷叔的地里来了。啊，啊！带头的还是村里的农会主任啦。

"这就是他的地。老雷叔，同志们替你代耕来了。"农会主任一边和那位带驳壳枪的同志说话，一面又招呼老雷叔。

那好几十个壮小伙子连休息也不休息，排成一条线就干起来了，好多锄头在闪着一条一条的白光，把老雷叔的眼都眩花了。他脸上的皱纹飘起了笑容,但是却说不出话来。

还是小姑娘先开口了:"爷爷!叫我娘给他们烧点儿开水喝吧?!"老雷叔还来不及回答,那位挂驳壳枪的同志抢着说:"不要烧水,这就快耕完啦!"老雷叔也不知道说什么话好了,只是不住地点头。

"连长!完啦!"东边有几个同志喊出来。

"完啦!我们这一片也完啦!"西边也呼应着。

"完啦的到那边站队!"不一会儿,同志们都站好队了,带驳壳枪的同志和老雷叔点着头笑了一笑,便带着队伍走了。

老雷叔忽然想起忘记向同志们致谢,于是便紧跟着队伍的尾巴,走下了那座土坡。他几次想追上去向同志们说两句感谢的话,可是他总想不出说什么好。人家队伍走得很快,老雷叔在后面跟不上,越掉越远了。最后,他静静地站在一棵树旁,望着那远远的队伍的影子和那不住闪光的镐,一阵歌声飘过来了。

"生产吧呀嗨!努力干啦呀!"队伍带着歌声越走越远了。

老雷叔站在春风里,想起他在八路军中的儿子,快乐地笑着。

(《晋察冀日报》1942 年 4 月 12 日,《子弟兵》副刊第 40 期)

选举票的意见

爱民

这是一张干净漂亮的大白纸,前天×村长把它从合作社里买回来,又很小心地把它放到村公所的办公桌上,就忙着去开村选委员会去了。村选委员会开过第一次会议后,大家就决定要把这张大白纸拿来做村选的选举票用。

你猜怎么着?听到了这个决定,大白纸这就两天两夜都没睡好觉了。它想:"做了选举票为抗战建国,选些很好的村代表,倒是很光荣的事情。可是谁知道明天俺落在谁们的手呢?要是碰上一个糊涂蛋,不会认真选举,在俺大白纸上面糊里糊涂地写上了一个不三不四的家伙的名字,岂不害了俺这一辈子了吗!"

村选委员会这一天又开过第二次会议了,为了积极准备村选的工作,人们就要动手来裁选举票了。大白纸因为自己关心的问题没法解决,趁着门外吹来一阵大风,就急得从办公桌上跳将下来,一气跑到村公所的大院子里,又嚷又叫地说:"你们办事的人们要不保证今年的选举全村都选好人,一个坏人的名字也不会写到选举票上,我是决不愿做选举票的!"

农会主任是顶会开玩笑的,就说道:"大白纸,难道你做抗日工作还要讲价钱吗?"

大白纸越发着急了,说:"我这又不光是为自己打算,也是为了全边区建设民主政权的利益呀!"

倒是×村长为人的性子好,主意又多,笑了一笑,就对大白纸说:"你要大家在你上面写出的尽是好人的名字,你就该自己来保证全村认真选举,现在就该努力去帮大家做些宣传工作呀!"

大白纸说："俺又没长嘴，叫我怎样去宣传呢？"

×村长越是笑得起劲儿了，说："你这样聪明的家伙，难道就不会请咱们的小学教员把今年选举的中心口号一齐替你写上，把你贴到村子的当道路口？你上面要写上'大家认真选举''大家要认真投票，要选积极负责的村干部'，写上你对大家的意见，不是都会看到了吗？"

大白纸听了高兴地乱飞起来，说："我怎么把这个好主意给忘记了？区里不是早决定要小学教员保证写完中心口号呢？这样加紧宣传下去，咱们准会保证今年村选的大胜利！"

（《晋察冀日报》1942年4月14日，《老百姓》副刊第98期）

好一个杜二牛
——新战士生活片段

曼蒂

课外活动的哨音吹响了,三排长紧接着喊:"新战士集合了!"

于是,一块不很平的操场上,新战士排成了队。因为他们都是刚入伍,操动作便用单个教练。

"杜二牛!"

"有!"

"出队!"

高大的杜二牛向前跑了三步。这小伙子真壮啊!胳膊像柱子一般粗,手背粗糙得简直可以擦着洋火,站在队列里他总要高出别人半个脑袋。

今天,他在操卧倒射击。

"慢动作,预备用枪数一!"班长发口令后,他把左腿伸了出来。"数二!"他照例做了第二步动作。可是"数三"的口令一发,杜二牛却手脚无措地慌乱了起来,不知该怎么做。

"哼!"全班战士都笑了。"别笑,你们还不是这个样儿吗?"他笑说,立刻又严肃起来。班长说:"数三的时候,左手向前伸,身向前扑,趴下……听见了没有?"

"听见了!"杜二牛随着班长的口令很认真地做起来。可是"数三"的时候,他的两条硬腿跪在地下,枪也离了地,却总也趴不下去。于是班长接过他的枪,做了个榜样给他看,然后让他再做。

正在这时候,就听见通讯员跑来说:"九班长,上文化课了,天快下雨,说就在你们屋里上。"于是队伍解散,一会儿,人又挤了一屋子。

文化教员写了四个生字,杜二牛竖眉瞪眼地在本上刻画着。"嘿!二牛!看你把'天'字写成'夫'了。"人们随着这句话,把头歪了过来。"看那'多'字给写并了,二牛,叠着才对。"杜二牛看了看黑板上的"多"字说:"它两个叠了一辈子喽!现在叫它并起来,下边那个'夕'字也喘喘气。"全堂听得都笑了。"并起来就不念字了。"文化教员边说着给他改了过来。

人们都聚精会神地听讲"天"字的故事的时候,忽然窗外传来一阵喊声:"杜二牛同志!咱班轮到你出差,背粮去。""班长,我替他去吧?让他多学习几个字。"一个老战士很诚挚地说。二牛听了忙道:"不成!站岗放哨你们都替了我,早叫我不好意思了,我去!谁也不叫替。'大家都看杜二牛写了四个字给累得流了许多汗,他说着一蹦下了炕,走到门口,班长见他没有报告,立刻打了个手势。杜二牛见班长把手放在帽檐上,向着文化教员一努嘴,他才回转头去,叫了一声"报告"——很沉重的声音,随着敬了个礼出来,便跟着背粮的人们出发了。

灰色的天滴着毛毛细雨,二三个战士朝着关阴堂方向前进着!

杜二牛边走边想:"数三,左手伸出去,身向前扑。"想着,手还拉着姿势。"班长的姿势好,我总也趴不舒妥,手勾机柄,不!还是扶着枪身。"由不得他对自己的笨,不禁自己发笑起来。"'天'字出了头就念'夫'。夕字并起来就不念字。"他想到这里,刚才班长用手势叫他报告的印象又映现在脑子里。"班长真不错,他时时都在惦念着我们新同志,昨夜,田四海出外解手,班长把帽子给他戴上,怕他害病受罪。""二牛!赶上不要掉队。"一句很大的叫声打断了他的思路。他像走马灯的人物，紧跟着队伍，到了目的地，一会儿就睡倒了。

第二天，杜二牛刚睁开眼，就听见了不服气的话："二牛，别看你是二牛，就是大牛、老牛你也背不了我这样多！"原来一个和他同村同来的那个张华向他挑战。

"你多少呀？"二牛问。

"一百四——你呢？"

"圣人门前卖字画——充什么能人。咱不多，一百六。"二牛满不在乎地答。大家一听，都吃惊地说："一百六是模范。"

"多背点儿，多吃几天，余下时间还多学习点儿哪！"二牛这句话说得大家都很佩服。你听他的话语满带劲头，很有道理呢。

吃过了饭，大家都转向了来路。每个人都弓着脊背，驮着沉甸甸的小米，尤其杜二牛的布袋又粗又长，像背着一座山似的。他慢慢地扭动着屁股，口里数着"大留留、二留留"。

遥远的五十里已被杜二牛这无穷尽的力量战胜了。

杜二牛像水里出来的一样，原来他在休息时喝了几碗开水，汗像小河溪在身上乱蹿着。人们又翻了两个大山，看见了所住的防地，更兴奋了。"咳哟！咳哟！"不成音韵的调子一呼一应地响遍了山谷，到了伙房把米倒下，杜二牛才觉得双臂□□似的红肿着。

这样大家给杜二牛编了一个顺口曲：

杜二牛！

赛老牛，

红□□，

一百六，

有了杜二牛，

咱们不发愁,

吃饭有给养,

打仗有□手。

(《晋察冀日报》1942 年 5 月 8 日,《子弟兵》副刊第 46 期)

胜利归来的王大个子

华峰

英勇的自卫队员和抗先队员踏着有力的脚步前进。他们参加今天晚上的破击战,要到敌人那里去背铁轨,王大个子就是其中的一个。

第二天早晨,他便喜洋洋地回来了。因为昨天晚上的风很大,他的脸上、眉毛上、头发上都带了一层薄薄的尘土,这使他更显得结实和健壮。

他见到了我之后,连一句话还没有说,便用他的右手在胸膛上用力地拍了一下,把眼一瞪,伸出了一个大拇指,意思是表示他们胜利了。

当我问到他腿上的几片黄色泥点是怎样染上的时候,他更加兴奋了。他说:"上级的指示是四个人抬一根铁道,可是我和刘二成两个人就抬了一根。我们过滹沱河的时候,刘二成一不小心便躺在了水里,洗了一个澡,可是我们两个都壮实,硬把这个大家伙抬回来了。"

他告诉了我们这个故事后,我们是如何地愉快、钦佩和赞美这两位英勇模范的自卫队员哪。

他继续说:"也不知道参加这次破路的到底有多少人,都是哪里的。你听吧,人们用铁锤照着铁轨上打,可响呢,丁零当啷,你也听不清有多么远都在响。一百多条铁轨就这么叫咱们敲回来了。"

"你们不怕鬼子出来打你们吗?"我问他。

"打,他倒想打。"他扭了一下脖子,又说,"咱们也说不清楚哪个团的子弟兵,我们还没有到呢,他们就把鬼子的王八窝口堵上了,鬼子还敢来?恐怕吓也吓死他了。"

"不要说了,做熟了饭赶快吃点儿休息休息吧!"他的老婆今天

待他像照顾客人一样。男人干了这么光荣的事，的确使她欢喜哩。小柱子今年才十二岁，也在热情地慰问着他这胜利归来的爸爸，赶快搬来一个小凳子，又拉住了他的手："爸爸你坐下，你坐下，坐下吃。你告诉我说，你们怎样抄了鬼子的家呀？"可是王大个子顾不了这些，他像喝了酒那样的痛快、兴奋，一点儿也不感觉疲劳，继续说："从平山城至石家庄这条铁路，敌人费了不小的劲儿。光是铁轨只放上了三天，这就被咱们背回来了。这一百多根铁轨，我们还要把它拿来造成枪炮去打鬼子呢！"

(《晋察冀日报》1942年5月19日.《老百姓》副刊第101期)

八千块钱

萧沈

望都某村有一个老财,家里除他老两口子外,还有几个孩子。日子过得还不错,就是老两口子有点儿顽固,见孩子们开会也是叨叨地说个不清,家里的一切财产、收入,老头子都不想要孩子们知道。但是他那三小子偏偏遇到什么事也都想管一管,因此在过去动员公粮中,三小子起的作用可真不小。自从动员公粮后,老头子硬拒绝了三小子管家事,自己把财产通通地操揽起来。

去年夏天的一个早上,老头子从村公所里回去,哭丧着脸,很不高兴。老婆子也莫名其妙,不知道到底是怎么一回事,于是便问他。他回答说:"如今又行什么统……累……累……税啦,钱多的多出……"

没等老头子说完,老婆子便插过嘴来,像一只老母鸡吃米的样子絮絮叨叨地说:"反正这年头儿有钱的总不得安生……"

于是老两口子便秘密地在商量对付的办法。

老头子的脸急得通红,嘴里的话吞吞吐吐地试了好几试,总没有一个妥当的办法说得出来。

老婆子默默地点算着,眉头皱了皱,忽然说道:"唉!对了,想起办法了。房子、地,大家整天看着这是瞒不了的,唯有咱们那八千元现洋藏起来,才人不知鬼不觉哩!"

几句话说动了老头子的心,两口子笑容满面地去动工,实现他们的计划。

大门子上好,两口子偷偷地在正当院子的一个砖下挖了个坑,放进一个小缸,然后把那几个硬棒的纸卷放下去,又细心埋好,把砖也放得和从前一样，高兴地走了。

八千块钱成天价在老头子的心里打转，统累税报财产终于瞒过去了。老头子很得意，自以为他们"妙计"高明。

鬼子是蛮不讲理的，去年秋天反"扫荡"时，八千元偏偏地给鬼子抢走了。

事情传出去，村里人没有一个不埋怨他的，都说："该着！可惜钱是给鬼子偷走了。'

起初，老头子还不认账，后来觉得吃暗亏顶没出息的，所以终于在某村大会上承认了自己的错误。

(《晋察冀日报》1942年6月15日，《老百姓》副刊第105期)

找　便　宜

萧沈

这回事发生在唐县××村。

村公所里的办公桌子上围满了一圈人，正在搞统累税。

四妮子把她的财产报完了走出去，里面喊："谁报，谁报？"

甲辰子呆呆地在外面站了一会儿，慢慢地低着头走进去。

甲辰子是一个好吃懒做的光棍子，就只靠家传下来的一些财产过日子，自己没有种一岭地，但在当时手里倒还有些钱，确实还饿不起肚皮来。

统累税委员长问："甲辰子有多少财产，报吧！"

"我，我这个穷光棍子还有财产哩！"甲辰子没精打采这样回答，"有存洋二十元。"

"不是有二百多块钱的存款吗？"委员长有些不信地问。

"嗯！我还欠人家好多账哩，一还就没有啦。"

"欠谁？说吧，我也得登记。"

"有……有老牛是……七十五元……"甲辰子的眼不时地往上翻着，几个手指头在过数，"还有冯祥……六十元"。

"还有谁？"

"没啦！就他两家。"甲辰子再说不上来啦。

他说着，趴在桌子上的老三拿着笔就记，不一会儿又登记完了。

第二天，又有一群人去报财产，老牛和冯祥也夹在里面一道去了。村公所里有一个人在翻阅登记本子，冯祥的眼有时也转向那方呆呆地望着，忽然发现册子的前面有他的名字，于是向前凑近了一步仔细看。老牛也跟上前去，恰好挤在冯祥的背后无意地望着，上面写着:"……欠冯祥……六十元""欠老牛七十五元……"老牛往□一跳高兴地叫道:"哈!咱这一辈子都是欠人家的,现在又有人欠咱了,冯祥!谁?这是谁欠我的?"老牛只管高兴,还不知道到底是谁欠他的。

"甲辰〔子〕!还欠咱六十元哩!"冯祥也挺乐。

又一天,三个人凑巧地在村公所里碰见了,两人要甲辰〔子〕还账。

"哈!你们给俺贴皮了,什么工夫欠你们的账?"甲辰子没好气地回答。

"登记册子上还有,不信咱们看看。"两个人把他拖到登记册子跟前。

"你看是不?"老牛指着一行字。

"我不知道!"甲辰子硬不承认。

旁边老三过来,止住了大家的吵闹,对甲辰〔子〕说:"你忘记了你那天报财产吗?这还是我登记的呢!"

"……"甲辰子被问得答不上一句话来,不得不说出自己的昧心话来。

(《晋察冀日报》1942年6月22日,《老百姓》副刊106期)

她 解 放 了

金妮

黄昏，我一个人坐在河旁洗脚，突然一双热热的粗糙的手紧紧地蒙住了我的眼睛。我奇怪是谁这样调皮呢？我用劲儿撒开了她的手，我不自觉地一惊："哎哟，今天你怎么这么愉快呀，有什么好消息可以告人吗？"

她没有说话，就把我拉到一块大石头上一同坐下来，她低着头扯着衣角说："我的心里又难受又喜欢！"

我奇怪着这样的话，但我并没有直接问她为什么。

"我难受的是明天就要离开你，回娘家去，住惯了熟快了，还不愿分开哩！跟八路军同志在一起真是好咧。"

"俺娘家在××村，离这里才二十来里地，你要是办工作打那里过时，就记着去找我吧！俺们那里是个大平原，俺家有大米，你去了，我给你煮珍珠饭吃。"

我默默地含笑地点着头，对于纯朴的年轻的农妇的厚意我深深地领受了。

之后，她告诉了我她所欢喜的事情。区政委已经批准了她半年来所申诉的离婚的事件。区长还特别叫男的家里赔偿年上腊月里打伤她的医药费六十元，同时还不能丝毫亏还她陪嫁的妆奁。

"总算给我出了口气了。"她说，"要没有现在这样的好政府，俺这条命就算送在他家了。"

村边站立着笑眯眯的妇教会主任，在大声地喊她。

她立起身子，一只手匆匆地从口袋里掏出了两个黑色丝织品做的，像匙盛票子用的小荷包，把它放在我的手心里。"将这送给你做纪念吧！看见它，你不会忘记我的。"说完话，她就匆匆地往村边跑去了……

(《晋察冀日报》1942年6月22日，《老百姓》副刊第106期)

唐老二再不喝酒了

王炜

七月八号大清早起来，张老六就又提拉着鞋，似醒不醒地半睁着两眼，一只手提着一把酒壶，慌张地走进了唐老二家的大门，看也不看地就喊着："老二，走，去弄两盅喝喝，小铺里新到了一缸红枣酒。昨天我来找你，说你去区里开什么抗战五周年纪念大会去了，我一个人去尝尝，真好。走，快些去吧，不要让别人抢光了，没得喝，空咽口水。"他一面喊叫着，一面向唐老二的屋子里走去。

"老六，抢死去吗？这么慌张。"唐老二在院子里看见张老六冒冒失失的急忙样子，觉得又好笑，又好气。想想自己昨天大概也是这个神气，怪不得一家人都没有好脸给自己看。唐老二自从昨天在大会上听了区长讲说，知道明年确实要打败日本鬼子的，老百姓应该努力增加生产，克服抗战困难，不应该整天醉倒在酒瓶子里。晚上自己躺在炕上想想，讲的道理真对，狠狠埋怨了自己一顿，决定以后再也不喝酒了。唐老二真个说干就干，不是这情形张老六哪里会晓得呢？他还以为他是昨天的唐老二呢，便上去死缠活缠硬要拉他小铺子里去。

后来唐老二真被他拉急了，就发话道："你有钱有工夫，你一个人去喝吧，钻进酒壶里泡起来都可以，那是你自己的事，我管不着。我可没有那么多的钱，去□这个没底坑。孩子老婆，一家人全指我做营生过活呢！抗战越来越接近胜利了，我不能一天到晚总当酒鬼，做这样的坏勾当……"

"得啦，得啦，你真像三岁的小孩子，从哪里学来这一套大人话啊。走吧，还是喝下肚子里稳当，这年月，说不定今活明死的。"张老六还是在那里缠搅不清。

唐老二气急了,理也不理地,拿着镬头独自往地里去了。张老六碰了一个没趣,只好一个人红着脸,像一个风瘫了的老母鸡一样,一耸一耸地走出去。

(《晋察冀日报》1942 年 7 月 10 日,《老百姓》副刊第 107 期)

李 海 报 仇

王国文

××村离敌人的王八窝只有五里地,敌人常常到这里抢东西、抓民夫、奸淫妇女,真是把村里的人们闹得不能过活了。

李海是这村里的一个青年,整天眼看着敌人这种禽兽行为,真是气得要发疯了。他家的房子被敌人拆毁修了王八窝,他的女人也被汉奸们奸淫过,他常想找一个机会来报仇。

有一天,十几个鬼子和伪军又到这村子里来想发洋财。老乡们都跑光了,李海却一点儿不怕地站在自己的屋子里,一面用刀切着菜,一面等候着敌人进了屋后好报仇雪恨。

一个全副武装的鬼子走进了李海的家中,他一面说:"你没有跑,好良民的!"一面走近了李海的身边。

这时候,李海报仇的决心涌起来了。他把菜刀紧紧地握在自己的手里,趁着鬼子不防备的时候,向鬼子的头上猛一下砍过去,鬼子被砍倒在地上,血流出来,连叫喊也不能了。他在鬼子的脖子上又砍了两刀,鬼子死了。这时,李海急忙把鬼子身上的武器很快地取下来,藏起来。他恐怕被敌人发觉,自己吃不了兜着走,于是就从木梯上跳过了好多家房顶,一溜烟地跑得没有踪影了……

(《晋察冀日报》1942 年 7 月 21 日,《老百姓》副刊第 109 期)

赵发和驴子

王炜

我在农民赵发家里住下了不久,就非常奇怪这件事情了。

一般年轻的结实小伙子不都是像人们所常说的"整天吊在女人肚子上"的吗?赵发的女人也并不是一个难看的老太婆,为什么他却整天吊在他那头小黑驴的尾巴上呢?

他每天早晨起来,脸也顾不得洗,就先去打一桶澄清的泉水来,去饮小黑驴。他摸着它的脊背、脖子、头,并且吹起了那样动人的口哨。在他的厚厚的嘴唇里,我再想不到会有这样活泼的小河轻快地流泻出来。

小黑驴显然很适意,常常把头举起来望一下,好像看人世上是否还有人像它那样幸福一样。它不时地把一条前腿或者后腿轻轻地弯起来磕碰着地面。

傍晚,当村上的炊烟渐渐消失在夜色里的时候,赵发便和小黑驴一路从地里回来了。他不顾自己一天的疲劳,先去打水、铡草,安排小黑驴的晚餐。草颜色是那样的鲜艳,人看见也要眼馋,喷出来的一种奇妙的芳香,让你是怎样讲体面的人也不得不大咽其口水,□羡着小黑驴居然有这样的享受!

他三天两头给小黑驴洗刷。他细细地刷着它的脖子、脊梁、两胁、肚子、腿弯、大腿和小腿,还用他粗大的手掌撩起清水来,把蹄腿上的泥污洗得干干净净,甚至四只蹄子像扣下的四只乌瓷碗一样发亮。

他的耐心和仔细可真使我吃惊!我看见过丫头去侍奉太太,太太去侍奉老爷,还远比不上赵发洗刷驴子的认真。要是那些躺在澡堂里让人家捏脚，或者坐在大理发店里被电烫或火烫的先生老爷们看见了赵发是怎样洗刷着驴子时，他们一定会感到深深的悔恨，摇头叹息着他们才真正花了冤钱。如果可能，他们一定会扭着捏脚的和理发匠的耳朵来看看赵发是怎样洗刷驴子的！

农民爱惜自己的牲口本来是平常的事，但像赵发这样的，我却感到少有而大为惊奇了。

怀着这惊奇，一天下午我和隔壁的王老大坐在炕上，闲聊起来。

"嘿、嘿、嘿……"听我说完了这惊奇以后，老头子居然笑得打起呛来了。

"这老家伙，你不要看他那土包子样子，很瞧不起我提的这个问题呢！"我想着，很有些忸怩和不平。

老头子当不呛以后，又把旱烟嘴衔在嘴里，像他吐出来的烟气一样，不紧不忙地来答复我的问题。

"提起赵发和驴子，那可真有些笑话呢！嘿、嘿……"老头子又几乎笑得呛起来。

这时我才意会到刚才老头子并不是笑我的，可是有什么笑话呢？我的精神凝聚起来了，直望着老头子，想叫他快些讲。

"赵发，"老头子半含着烟嘴说，"当他爹还活着的时候，光景可不像现在这样好。那时候租种人家七八亩地，一天奔奔跑跑，忙得昏头转向，也不过是稀稠白粥不断顿，将就着饿不死罢了。后来爷儿俩死做活做，总算积蓄了几个钱，买了一头驴——不像现在他喂的这个黑，也没有这个口嫩——又给赵发娶了一房媳妇，自己虽然还没有一亩地，光景总算是能喘一口气了。"

"偏偏事情不凑巧，正当他娶媳妇这一年，手里花得空落落的，却遭了年成了，打的粮食没有撒到地里的种子多。租子那样大，又多添了一口吃的，穷人家就是三分、五分行息，又有谁肯欠给你呢！那时候谁手里只要有几个钱或者一把粮食，顷刻人们就会像一窝蜂一样围着你，房子、土地、家具什物，随便你拣。那时候一个小铜钱可以当一个元宝用，要捡便宜有的是。人们是只求糊弄着眼下饿不死就算了，谁还钻头管屁股呢！

"你想想，别人有房产家具可卖，赵发家有什么东西可卖呢？赵发他爹只好舍着老脸，左央告，右哀求，一点儿办法也想不来，东家又雷火风声地催讨租子。你想想，一个穷人空着两手，会向哪里贸然抓来两把金子吗？一则年老了，二则心急，吃食又顶坏，赵发他爹得病几天就死了。

"在他娶儿媳妇的时候，还叹息着自己的老伴生儿养女地辛苦了一生，没有听到儿媳妇喊声娘就下世了，很是心里不好受一阵。谁知道说着说着他也瞪眼（死的意思——作者）了。"

老头子的旱烟袋渐渐吸不出什么烟气来，脸色也不觉地有些阴沉，完全不像说笑话的神情，显然他沉湎于古老的灾难的回忆里去了。

这时窗子上已经多少抹上些黄昏的暗影，一阵山风从檐前吹过，破烂的窗纸颤声地哭泣起来。虽然是早春的天气，袭进来的寒气竟使这个老头子不由得向炕当中的火盆偎近了一下。他顺便磕出烟锅里的死灰，重新装起了一锅，捏上个火星吸起来。

"后来大伙儿看着赵发这孩子怪可怜的，他爹活着时候人还不错，就你一言，我一语，央告着他东家把租子做成利钱，一头驴子也做给他，算是换了一副薄板。大伙儿招呼着，七顶对，八凑搭，总算糊弄着把他爹埋了。"

一个受难的同伴的死显然震颤了老人的心灵，他的声音是那样低沉地荡漾在这幽暗的屋子里。

"哼！"他突然愤慨地吐出了一口浓烟，细小的眼睛闪出憎恶的尖锐的光芒。"那时候赵发的东家才日鬼呢！当起初，东说西说总是不认头，租子也不做利钱，毛驴也不要，只是喊着自己倒霉，碰到这样的佃户。后来人们都说，再不答应下，要叫赵发那孩子来给你磕头了，这才唉声叹气地应允了。一切都照他说的去办：粮价任涨不任落，虎生生的一头毛驴只换给一副薄板（薄得透明，一指头就可以捣透的），要他添一碗粮食都不肯。

"嘴里还嚷着：'这年头儿人家都卖活的呢（当时有卖女人、孩子的），我这个傻子却买了一个活的进来，我哪有那么多草料糟蹋呀！'

"当事后，他却卖人情去了，用手巾把两眼揉红，口口声声地说：'老三（赵发他爹排行老三）一辈子忠厚可靠，彼此从来没有过一差二错、面红耳热，现在死了真可惜，再向哪里去找这样实厚的好人呢！'又向赵发说：'念起你爹的老情面，地还让你租着，不过，要像你爹一样务正，不要叫地抛了荒……'他当时说得很有些人感动得流泪呢，其实黄鼬给鸡拜年，他会安什么好心肠呢？"

老头子大大地吸着烟，大口地吐出来，好像要把这愤慨一下吐出来一样。

"过了五天，毛驴就被东家牵走了。就在这夜里，赵发闹下了头一个笑话。"我看见老头子的脸漾出了笑纹。

"那时我家里也喂着一只毛驴，驴圈和赵发家的隔墙对肚，等半夜驴子叫着添草的时候，他大概睡得模模糊糊地当作他家的驴子叫了，连三赶四地就跑去添草。我在隔壁听见他把驴槽拌得叮叮当当地蛮响，当下我心里怀疑着这才日鬼呢，怎么他也拌起驴槽来了？及至第二天早晨，不知道哪个冒失鬼跑到他家里干什么去，看见一槽新草，问起这事情来，哈，顷刻这小山庄上像起了一阵风，没有一个人不笑赵发做梦喂驴了。以后，这里的人们讲说一件事情没有希望时，总爱说'赵发喂驴——做梦!'嘿,嘿……"老头子笑着咳嗽起来。

这时我心里却格外阴沉,但也勉强陪他苦笑了一下。

"接着",他吐了一口痰到地上,"他又闹了一个笑话。就是这天早晨,他照旧去打一桶水来,就在昨天饮驴子的地方,等他媳妇去桶里舀水时,他死也不让舀,问他什么原因,他也不讲,反正不让动,水也不叫动,桶也不叫动"。

"后来他媳妇想法把他支使开去,才把水添在锅里。哈,他回来一见就火啦,绰着一根劈柴棒子,不问三七二十一就打。等四邻人家听见他媳妇哭叫起来,跑去看时,他简直像一个牛发疯了一样,一个劲儿地向他媳妇冲,几个小伙子才把他拉住了。问他为什么生这样大气,他也不理,只是吼叫着:'你以后再敢动一下那桶水,我打死你!'

"以后,第二天他那样做,第三天他还那样做。只有他可以把那桶水倒进水瓮里,他媳妇再也不敢去沾染是非了。

"有一天早晨,他媳妇突然看见他很入神地站在桶旁边,一面吹着他昨天饮驴时所常吹的口哨,一面右手掌向下前后地划了又划,轻轻地像抚摸什么东西一样。她突然想起他大概是在那里饮驴吧!哈,她想起他那天为什么打她了,一阵心酸,她放声大哭起来。

"人们又以为他们两口子打架了,及至跑去一看,赵发只是站在桶旁边发呆地望着妣,她却哭得比那天挨打还要痛,几个媳妇好容易把她劝住了。

"等后来人们把这事情弄明白了,有些刻薄人就又编出了一个砍子(即歇后语——作者):'赵发饮驴——假的。'另外,还有说'赵发打真老婆——饮假驴'的。也有说'赵发打水——没驴可饮'的。赵发没有办法,只好任大家编排!"

他叹息了一声,又苦笑了一下说:"不知赵发故意闹笑话呢?还是人家故意编排赵发的笑话？编了第二个，第三个又出来了。

"你刚才说他现在刷驴那把铁刷子，还是他爹买驴时买的呢。后来驴被东家牵走了，有许多庄户人家想买他这把铁刷子——那是一把很好的驴刷，齿不太稠，也不太稀，——打算占他点儿小便宜。真是，人倒霉了，是个长嘴的东西都想咬你一口呢！

"偏偏碰见赵发这个固执板，任凭日头从西边出来他也不卖，借也不借，板上钉，死无挪移。

"后来有一个绰号'四面刃'的，一辈子好占小便宜的家伙，他偏偏想要，左哄□，右挖苦，千方百计想把那把驴刷弄到手。后来赵发实在忍不住了说：'不卖，我将来还打算□刷驴呢！'"

"哈，四面刃可握着赵发的话把子了，到处去宣扬他、嘲笑他，说着：'赵发那把驴刷子，你们知道为什么不卖吗？那家伙还想买驴呢！他老子死时欠下的亏空已经把他弄得像刺猬跌在棉花窝里——越滚越大了，还想买驴，这才是'赵发喂驴——做梦呢！'四面刃一面说一面比画着，听的人便都哈哈大笑起来。四面刃越发得意了，便有一说十、添油加醋地到别的地方去说，笑得全村子的人都肚疼，后来一直弄得谁见了赵发就要按着肚子大笑起来。

"不久，人们就又编排出砍子来了：'赵发不卖驴刷——等着那一天。'以后，巡警骂庄户人家不肯给他钱，男人骂老婆不由他意作弄，老子骂儿子不肯听话……都说：'赵发不卖驴刷——你等着那一天吧！'可是庄户人家反过来骂巡警，老婆反过来骂丈夫，儿子反过来骂老子……也都是说：'赵发不卖驴刷——总叫你等着那一天！'"

"现在不是等着那一天了吗？"我突然插进了一句，笑了。

"对啊，"老头子也笑起来，"自从八路军来这里，成立了边区，世道是不同了，实行了减租减息，合理负担，老百姓的生活改善了，赵发对生产又积极，现在已经当进来七八亩地，并且还买了那头小黑驴，犁地、种地、驮东西——赵发过去全得自己做的，现在有这头毛驴替他做了。你想想，是这头小黑驴叫赵发不做畜生了，他怎么会不发疯地亲那头小黑驴呢？"

老头子狡猾地微笑着看了我一眼，便下炕去拿几块干柴烧起来，昏暗的屋子突然被照亮了。所有屋子里的桌子、椅子、铁镐、镰刀、盆、罐……似乎都随着红色的火焰一齐欢笑跳跃起来。

一九四二、六，于滹沱河畔

(《晋察冀日报》1942 年 8 月 20 日、8 月 21 日、8 月 23 日连载）

马文魁和李华山

席水林

时间：天快亮了。

地点：刚有过战斗的小山坡上。

故事是这样的：一场激战刚过去，远处还有枪声。

战士马文魁在左腿上挂了一处花。

南方人、高个子、挺有精神的指挥员看了看他的伤口，慈爱地说："马文魁同志，你暂时留在这儿，等一会儿，我就派人来接你。"

"指挥员，你们走吧，在这儿我自有办法！"

……队伍转移了，山坡上只剩下马文魁同志。

太阳爬上了山顶。在队伍里已经是吃早饭的时候了。

抗先队员李华山——他哥哥是×支队的排长，他爸爸在×团当伙夫——到沙河边去探敌情。当他走上山坡时，呵，一个战士躺在那里，手中紧握着手榴弹。他很快地走近去："同志，你是那部分？"他又看见战士的左裤腿上有一片湿润的血斑："呵，你挂花了？"

战士看李华山腰里别着三颗手榴弹，不像敌人的探子，他才安下了心，回答他："是的，我是×支队的战士，刚才在战斗中受伤——停一会儿，就有人来接我。"

李华山从怀里掏出两个玉茭面饼子——这是他一整天的干粮呀——送给马文魁。他没说别的就跑向沙河边去了。

像一阵急速的风，李华山又满头大汗地奔回来。

"同志！这里待不住，敌人离这里不远了。"

战士忍痛坐起来："呵！你说我们怎么办？"

"同志，你到我家里去，虽说我家很困难，保证你能吃饱饭！你的伤好了，再送你回×支队。"

李华山在前边走，战士在后面跟着。

敌人向这边开了炮，炮弹落处离他们只有五丈远。

李华山像他父亲、哥哥一样的勇敢，他背起了马文魁。炮声、机枪声听得更清楚了．好像前边二三里路的地方展开了战斗。

当太阳斜挂在东南方的高空，他们俩安然地到了李华山的家里。

（《晋察冀日报》1942年9月1日，《子弟兵》副刊第59期）

我们在敌占区

贾维

一夜的行军,疲劳和困乏侵袭着每个同志,但是大家知道这是敌占区,天明还要战斗。战士们的精神都很兴奋,紧张积极地在挖工事。东方发了白色,围墙上的枪眼和墙根的掩体也都完成,战士们抱着枪,在枪眼一边休息,瞭望哨光着脑袋从墙顶上探出头去。

殷红的太阳升出了东方地平线,照得满街通红,街上有了稀疏的行人。路南一个小门忽然"呀"的一声开了,一个老太婆探出了半个脑袋,突然又缩了回去,停一会儿才慢慢地转出来,和一个年轻的姑娘推碾子去,脸上露出又惊又喜的色彩来,一面走一面说着:"这是咱们的队伍!""要不是咱们的八路军,街上哪有这么多的人呀,你看,往日谁不躲在家里,把门闩好!"

街上的人越聚越多,每个人的脸上都浮出了笑容,金黄色的阳光射到脸上,大家心中都像开了一朵鲜花。小孩子们带着半惊半喜的眼光望着我,我拉他们时,又跑远了。太阳升了一竿多高,各家都端了新蒸出来的饼子往村公所送,老百姓的早餐刚做好,先给我们送来了!

★★★★★★

大约是下午一点钟,东边村庄(梁家庄)响了一炮,接着听见机枪叫起来。

"同志们,都准备好!东边村里已打响了!假若敌人到我们这里来,一定打他个落花流水!"我在阵地里一边巡视,一边向战士鼓励。

三点钟,敌人从西南来了!老远望着可以断定是治安军,停在离村庄三里地一带,看数目约一个营的样子,后来又慢慢地接近村庄。

同志们一看见治安军都非常气愤，同时因为打过一次，有了经验，大家都知道治安军吃不住一打，胜利的信心更大了。

特等射手们早从枪眼里瞄好，那边一动就是一枪。敌人始终在三四百公尺以外的地方，不敢动一动。太阳离地平线越来越近，敌人发了慌，开始撤退，突然像一群蜂似的往回乱跑、乱喊、乱叫："排长，不行了！""快跑吧！"这时，恰好发扬了我们的机枪火力。战士们一边打，一边笑："这是什么队伍呀，撤退这样乱跑、乱叫的！""你没听见吗？这叫排长快跑呢！"

战斗结束了，天空拉下了黑幕，罩住大地，我们又开始行军。

（《晋察冀日报》1942年9月1日，《子弟兵》副刊第59期）

敌伪管束下一个伪乡镇长的座谈会

☐个的乡镇长副坐在伪县公署东边的一个院子里乘凉,每个人的面孔上都带上了一层忧郁的暗云,叹气地谈论着今年的旱灾及今后不可想象的困难情形。

伪民政科长好像是想替大家解决一个困难问题,走到院子里找了一个凳子坐在了一边,大家都注视着他。

"再有两天你们毕业了,有什么问题提出来我给你们解决。"伪民政科长说了话。

大家沉静了一会儿,一时想不出提出什么来好。

一个五十来岁的乡长立起身来胆大地说了话,打破了当时沉寂的状态:"八路军多得很,乡长副在村里敢办公吗?"

"这是一个大问题啊!"大家都觉得有些恐惧了。

伪民政科长立时想不出圆满的答案。

"只要做事公平,八路军是不逮好人的。"一个三十多岁的中年男子说了话。

"对啦,八路军是不逮好人的!"伪民政科长也随声附和地说了一句算作他圆满的答案,接着又想起来了新的办法:"把乡公所立在炮楼内有警备队保护,不是很安全吗?!"

"炮楼顶什么事,八路军在炮楼边过,警备队趴在沟边一声枪都不敢打……"大家对他的话有些否定了。

"……"伪民政科长没有了话说,显出了可怜的样子,最后站起来说:"今天不早了,有问题明天晚上再多提吧!"低着头便走了。

可是第二天的晚上,大家在院内等了两点多钟也没见他半点儿的踪影。

(《晋察冀日报》1942年9月25日)

丈 夫（小品）

孙犁

今天是中秋节日，可是还有一场黑豆没打。上午，公公叫儿媳妇把场摊上，豆叶上满带着污泥，发着臭气。日本黑心鬼偷偷放了堤，淹了老百姓，黑豆没长好，豆子是秕秕的。草不好，黄牛也瘦了。儿媳妇站在场里没精打采的。年景没有了，日子不好过，丈夫又没消息。想想去年，他还在近处，八月十三那天还抽空家来看了看，她给他做了一件新棉袄，两个人欢天喜地。八月节应该团圆团圆。她给他做了猪肉菜，很丰富。今年，鬼子从四月里翻天搅地，丈夫不知道到哪里去了。去年他留给她一个孩子，今年在地洞里生产下来，就死掉了。她没有力气，日子过着没心思。

吃过中午饭，她带着老二孩子要去娘家看看，解解闷，和公公说了说，公公也没阻挡，只说早去早回来，路上不安静。她什么也没拿，拉起孩子的手，向东边走下去了。孩子去姥姥家很高兴，有一句没一句地问娘："今儿个八月十五吗，娘？"

"是啊！"

"叫我吃什么？"

"什么也不叫你吃！"

她说过，又怜惜起孩子来。孩子才七岁，在炮火里跟着跑了四五年了，不该这么斥打她，就转过话来笑着说："还记得爹吗？"

"记得呀！"

"爹在哪里呢？"

"在铁道西啊！"

"在那里干什么？"

"打日本啊!"

娘笑了。丈夫在家就喜欢这个孩子,临走总嘱咐她好好教养着。她想,那个人倒不恋家,连对她也像冷冷地,对这个孩子却连住了心。就为这个,她竟觉着有保障了,又和孩子说:"爹什么时候回来?"

"过年的时候回来。"

"你知道?"

"可不是,我知道。"

"爹回来干什么?"

"回来打日本。"

孩子念叨起爹那枪来,爹叫她看过枪,爹对她说枪是打日本的。她想现在日本人很多了,常到村里来,爹该回来打他们了。这里很多,不到这里打,到哪去打哩!娘儿俩说着,就到了娘家村里,本来只离着三四里地。

到家里姥姥正坐在炕上。

"你看人家多么热闹,人家也是养儿养女的。"姥姥说,嘴角却有些讥笑。

"谁家?"女儿问。

"你婶子家。"

"热闹什么?"

"你大姐来了,她女婿也来了。"

"她女婿不是在城里当伪军?"

"现在人家敢出来了,三天一来,两天一来,来了就嘻嘻哈哈。"

姑娘想起她是和她这个大姐一年出嫁的。她们两个同岁,她大姐嫁了一个独生子,她也嫁了一个独生子。她大姐的女婿在绸缎店里当学徒,她的女婿在保定府上中学。那年正月里,两个女婿来住丈人家。大姐的女婿好赌钱，整天在家里成局，自己的女婿好念书，整天在家里翻书本。她那时候还不高兴自己的女婿这么呆气，人家那么好玩、好说笑，街上的青年子弟都找人家去热闹，自己的女婿这么孤僻，整天没个人来，只有几个老头子称赞称赞。她想："现在该是玩的，在学堂里有多少书念不了，倒跑到这里来用功？"晚上，她悄悄地对他说："你也玩玩去，书里有什么好东西，你那么入迷？"

"你不知道。"

"不是我不知道，你看人家多快活？"

"你叫我和他们比呀？"

"和人家比比，你丢什么人，人家比你少什么？"

"你不懂事。"

丈夫睡了，她也不好意思再问，新婚的夫妻，她只有柔顺。夜半醒来，她又说："我说错了话吗？"

"你知道的事很少。"

"我怎么就知道得多了？"

"你念念书，可是来不及了。"

"我不念那个。可是，我要说错了话，你可别记在心里呀！"她靠近靠近他。

后来丈夫走了，很少家来，不在北平，就在上海。大姐的女婿却常来，穿得好，一来就住下，嘻嘻哈哈。她很羡慕大姐幸福，自己倒霉，埋怨丈夫不家来，忘了她。可是丈夫并没有忘了她，有时家来，也很爱她，她生了小孩儿，丈夫也很喜欢，只是怨她不识字，知道的事少。她说："你不会待在家里？"

"我不能。"

"怎么人家能呢？"

"谁？"

"大姐的女婿。"

"咳,你又叫我和他比!"

女婿又生气了,她就害怕他生气,赶紧解释:"家里又不缺吃不缺穿,你非出去干什么?"

"你不知道。"

"你出去又不挣个大钱。"

"非挣钱不能出去吗?"

"家里不舒服?"

"不舒服。"

这回是她生气了,家里不舒服,外边有什么舒服的事情?她疑心了。可是看看丈夫还是整天看书,书一箱一箱的,翻翻这本,又翻翻那本,破的就包上个皮,不嫌个麻烦。她觉得丈夫喜欢书,就像她喜欢布似的,她喜欢各色各样花布,丝的、麻的,她把它们包在一个一个小包裹里,没事就翻着玩,有时找出一块来给孩子做件小衫裤,心里很高兴。她想,丈夫写字、念书,就和她找布做衣服一样。

抗战了,丈夫立时参加了军队,把洋布衣服脱下来,换上粗布军装,两条瘦腿每天跑百几十里路,也有了劲儿了。她大姐的丈夫的店铺叫日本鬼子抢了,也回到家来,守着女人孩子过日子,看看地、买买菜、抱抱孩子、烧烧火,替大姐做很多事。她可不明白自己的丈夫的心思,有一天她问:"为什么你出去受罪?"

"抗日是受罪?你真糊涂透了。"

"可是为什么人家不出去?"

"谁?"

"大姐的女婿。"

"吐,吐,你又叫我和他比。"

渐渐她也觉得丈夫不能和那个人比,村里人说自己的丈夫好,许多人找到家里来，问东问西。许多同志、朋友们来说说笑笑，她觉得很荣耀。日本鬼子烧杀，她觉得不打出去也没法子过。大姐的女婿在村里人缘很不好，一天夜里叫土匪绑了票，后来就不敢在家里待，跑到天津去了。大姐整天哭，没离过丈夫，不知道怎么好。过了半年，那个人偷偷回来了，抽上了白面，还贩卖白面，叫八路军捉了，押了两个月，罚了一千块钱。他就跑到城里当了伪军，日本鬼子到他媳妇的娘家村里来抢东西，他也跟着来，戴着黑眼镜。后来，又反了正，坐在欢迎大会的戏台上看戏，戴着黑眼镜，喝着茶水，吃花生。

那天她也去看戏，有人指给她说："你看见那个人吗？"

"谁？"

"你大姐夫啊！你都不认识了！"

"呀！那是他！"

她脸上红红的了。

自己的丈夫越来越忙，脸孔虽然黑了，看来倒壮实了些。仗打得越紧，她越恨日本鬼子，他轻易不家来了。她守着孩子过日子，侍候着公公。上冬学知道了一些事，其中就有她以前不知道的丈夫的心里的事，现在才知道了些。

今年，日本鬼子占了县城附近的大村镇，听说她那大姐夫又当了伪军。从此，她就更瞧不起他，这是个什么人呀！今天，娘却提到了他。正提到了他，大姐就来了。大姐听说妹子来了，姐妹好几年不见面，来看望她，手里托着一包点心，身上穿着花丝葛，脸孔白又胖，挺着大肚子。乍一见面很亲热。大姐说："你家他爹可有信？"

"没有啊！"

"说起来，人家他有志气，抗日光荣，可是留下了这些孩子们。"大姐说着就拉过孩子，叫孩子吃点心，问孩子："你想爹吗？"

"想啊！"

"快叫娘把他叫回来。"

"叫回来，打日本吧！"孩子兴奋地说。

大姐立时没话说，脸也红红的，像块生猪肝，姥姥也笑了。

"听说你女婿又来了。"

"早走了。"

"怎么这么快就走了？"

"有事。"姐坐不住，告辞了出去，走到屋门口又回来，小声说："大妹子你家他爹回来，你顺便和他学学，就说俺家他爹是不得已，还想出来的。"说过就慌慌地走了。

姥姥说："看起这个来可就不光冤，准是又有了什么风声吓走了。"天已经晚了，姑娘带着孩子回来。在路上，她看见一小队人背着枪过去了。她知道一到天晚，就是自己的人，也不害怕，带着孩子走过去。后来回头一看，那一小队人进了她娘家的村了。

到了村头，大孩子正在村边等，见了娘就跑上来小声说："大队长到咱家来了！"

"哪个大队长？"

"县游击大队长，黑脸大个子老李呀。娘忘了？去年和爹一块儿来拿过书、吃过羊肉饺子的。"

"说什么来？"

"有爹的信，爷正看哩。"

母子三个人赶紧到了家里，公公正坐在场里碌碡上戴着花镜念信，见媳妇回来就说："信来得巧，今年的节我又过痛快了！"

媳妇当然更快活，快活了一晚上，竟连那圆圆的月亮也忘了看。

一九四二年"中秋节"夜记

（《晋察冀日报》1942 年 12 月 23 日，《鼓》副刊第 3 期）

为了春耕

俞林

她刚从窑洞里把"坚壁"的锨镐拿回家来,发酸的腰还没有好,肩上的农具觉得比从前沉了些,但她还是迈着挺有劲儿的步子,不在意地望着往家里乱搬东西的人们。

一进家,见村长弯着他那粗笨的腰给她拾掇院子里零乱的柴火和破烂东西。还有农会主任黄三叔老头子开合着烂眼边的红眼睛,用干瘪的嘴唇使劲地一下一下地抽着快灭的烟。白烟一股一股地在他那张黑瘦、皱纹很多的脸前缭绕着,嘴巴上的花白胡子也一翘一翘地在烟里蠕动着。

"一进家就去拿家具,生产可真积极呀,栓子媳妇,呵呵,劳动女英雄!——你看:村长这人可不老实,听见你来了,一弯身子,装着做起活来,别看他那样子,还是你黄三叔,六月天吃年上的山药,有个长远劲儿,多会儿也忘不了你们——'抗属'吗!"爱说俏皮话的黄三叔映着红眼睛,向着栓子媳妇说,随后又嘻嘻地露着没了牙的牙床快意地笑了一阵。

村长已经站起来了,是一个矮小的年轻人,四方方的脸上只显出两只深陷的眼睛,有力地瞅着人,肩膀宽宽的,短袄下挺出他那高大的胸膛来。他不做什么争辩地笑了笑。

栓子媳妇早把家具放在一边了,一屁股坐在台阶上,用衣角擦着脸上的汗,细窄的鼻尖油光光的,黑大的两只眼睛向上翻着,瞅着孩子似的黄三叔。

"三叔,听说鬼子把你打坏了,看这样像不要紧。"

"打坏了,瞎说,鬼子打你三叔?"他一板脸,用力地睁了睁细小的烂眼睛,像给人一个脸色看似的,"真是说的哪里话?"

村长脸上一松劲儿,眼睛也显得不那样深陷了:"得了,吹牛干吗?你的腿是怎样拐的?你走两步看看。"

黄三叔嘻嘻地干笑了一声:"这……这是咱转移的时候摔的,谁说是打的?我,我'坚壁清野'(注一)可'壁'得到家,鬼子找我真是灶火膛里掏家雀——白费一会儿事。"

"算你不要脸,人家亲眼看见你被打得像杀猪似的叫唤着——这本来是体面事,这么大的人挨打不招,村里人打算推举你做'春耕老英雄'呢。骨头够硬的,你死不愿承认干吗?"村长这回带称赞地说。

"你们去英雄的吧,咱可英雄得不成问题(注二)……"

事情是这样的:

在春耕才突击了三天的时期,早被估计到的敌人骚扰果然来了。

人们刚送了第一次粪,一阵沸腾的声音震满了全村和四野:"鬼子来了,快'坚壁',拉着牲口转移呀!"

村长敲打起破碎声音的锣来,喊着粗哑的嗓子,催促着人们藏起锨、犁、耙、镐,拉着牲口,向村后的大山上转移。人们杂乱地藏东西、收拾东西,孩子们搬着轻便的家具跟着大人们跑。许多妇女们抱着自己年上喂大了的母鸡,鸡受惊地在她们的怀里挣扎着,四处飞起金黄的鸡毛来。终于这杂乱的一队人被几个民兵领着向对面的山沟爬去了。

黄三叔,这一个孤零的老头子,放走了两个替他"坚壁"东西的儿童团员以后,忽然想起了场边小屋里还有半口袋粮食。

"该死,该死,该死",他急得打了自己一个嘴巴,拉着笨重的腿到了场里,打开屋门,果然,草堆旁边还有半袋谷。他一步跨过去，两手一抓口袋，就向肩膀上一提，不由自己地向前跟跄了两步，差点儿就跌个跤。急了稳身子，再向门外走去，一出门马上又站住了，心里想："向哪里背？"洞口也封了，背着转移没力气。他转了个圈，终于又放下去了，听听村里已经沉静下去了，人们都跑了吧，他用袖口擦了擦额角上的汗，又把口袋背起来，走了两步又转回来了。他这次打定了主意：把口袋一放，用力抱起草来，等他把口袋埋在草里以后才松了口气，又觉得刚才慌得没来由。

他不会烧这小房子，值不得仨瓜俩枣的。

他似乎听到枪声在近处响了，腿上一软就坐倒在草上了，可是他手按着地又爬起来，暗暗地嘲笑了自己一下："这样怂骨头还行？"可是立刻就跑的力量没有了，他知道在小房子里不妥，招来鬼子粮食也就不保险了。

"'坚壁清野'吧！"突然想起来这个念头，他离开小房子，想藏到不远的柴堆里去，但没走好远，口头一个端着枪的"白箍子"喊了："站住，哪一个？"

"我！"他脸上觉得一昏，心怦怦地跳了，但他忽然又沉住了气，"我老百姓，一个上年纪的老头子！"

他被拉到街上去了，那里有鬼子抓来的一群年轻人，丧气地在地上坐着，还有一车镐、锹。几个伪军和民夫不知道从什么地方搜出来的镐、锹、耙、筐子不住地在空车上装。黄三叔四下一瞅，见一个"白箍子"拉来一头毛驴，黑毛光光的，头顶上一簇白毛，笼头上还有一条红绳，可不是李大婶家的？那是一个从二十多岁就寡居了的妇道，现在四十多岁了，儿子不久才参加了志愿义务兵，家里没有旁的人了。

"你拉那个驴干什么？"黄三叔忍不住地问着，张合着细红的眼，

"那是我的驴！"

"我他妈管是谁的驴，打这个老王八蛋！"

"看我这样大的年纪，没有这头驴，可没法种地。"

没等他再说下去，人家把他拉到了一个红脸的鬼子面前。他咕喽咕喽地问了几句话，有人大声地翻译了："说，'皇军'问你，村里人跑到什么地方去了？说真话，'皇军'要挖沟的，用人、用镐、用东西，一天一块钱，吃大米白面的！"

黄三叔睖了睖眼睛，用手摸了摸胡须。

"说呀！"

"我说，我说，人嘛，逃了的！"他学得伪军的腔调。

"浑蛋，'皇军'知道跑了的，问你跑到什么地方去了的，带路去找的，'皇军'要人挖沟！"

"通通跑了的，挖沟没有的，人们要种地的！"

"你学谁？浑蛋！——"伪军在他胸口上打了一拳，"嘭！"

"你打，我不管了，你打吧！"黄三叔干脆凑过身子去。

"你别倚老卖老，不看你是个老头子，早打干瘪你了。说吧，人都跑到哪儿去了，那边有八路的没有？"

"八路军？"黄三叔觉得有了什么希望，"你们怕八路军的不是？——那边大大的有！"

"你给带路，今天非抓着人不能回去。"伪军拉着他要在前头走，"就在那面山沟里，跑不远，你在前头，有事先打死你狗入的东西，走！"

"走？八路的大大的有！"他用手指头做了个八字，向鬼子一晃，又摇了摇头，"走不的！"

黄三叔这时候心已经平静了，他反正打定了一个主意，死了也不能带鬼子去抓人，春耕不是要做吗？谁能他妈的在这时候给他们挖封锁沟，想起去年秋上他就心疼。

"没有八路的，在那个山沟里，你知道，走！"鬼子笨拙地说着中国话，睁着两只溜小的眼睛。

"我，我不敢去，八路打的。"

"胡说，打他！"鬼子一瞪眼睛，踢了他一脚，伪军们过去把他拉倒在地上，用枪把打着他的屁股和腿。

黄三叔老头子从小没有挨过这样的一顿打，除了内战的时候，奉军的一个兵打过他一巴掌，打落了两个门牙，那次他连出声也没有……

栓子媳妇很关心黄三叔的腿："三叔，你走两步我看看，摔得厉害吗？这么大年纪了，就说我年轻的人跑的时候连腰都扭了，现在还疼呢！"她用手拢拢短短的头发，闪着她黑大的眼睛。

黄三叔总不愿人提他那腿，使劲吸了两口烟说："鬼子一见我，像见了宝贝似的敬着咱。"

"什么，你不是说'坚壁'起来鬼子没找着你吗？"栓子媳妇故意地追问他，心里明知黄三叔的事，"我们转移的时候见缺了你，都怕你叫鬼子抓去呢？"

"年纪越大越害臊起来了，和我说实话，到这会儿又不承认啦！"村长见三叔不好意思的样子，这样替他开后门，黄三叔嘻嘻地干笑了。

"挨打反正不是什么体面事，咱这样大了，没挨过。这回是大闺女坐轿——头一遭。哼，咱不是为了春耕吗？像王家庄抓走了四十多口子，知道要挖几天沟？我看他们春耕可不成问题了！"

"为了春耕，可不是吗？三叔到底是硬骨头，不是你忍着疼，咱们的春耕也没有望了!"栓子媳妇很兴奋地说,从台阶上站起来,望望黄三叔,又望望村长。

"说起春耕来了,还是说到正题吧,鬼子虽说去了,是三叔的屁股大腿挡回去的,不是用人和东西挡回去的,我觉着还会来,春耕非加紧不行了。粪多半送完了,也撒了,趁着刚下了雨,两天非耕完不行……"村长用他那粗哑的声音认真地讲给栓子媳妇听,胳膊吃力地摆着,帮助着他的话。

"别啰唆了。"黄三叔打断了村长的话,"还用向她'说服政治'吗?年上人家送栓子当兵,不是站得高高的,讲得入情入理吗?"

"三叔,你真麻烦人,我说不是正事……"

"正事?正事在后头呢!就是,就是……我……还是你说吧!"黄三叔把烟袋插在束在短蓝袄的带上,用手擦擦烂眼角,像没有说过刚才的话。

"你这个人,真是没办法。"村长又说了,"事情清清楚楚地摆在这儿,就是非快动手不行,可是鬼子抢走了我们很多家具,还拉走了几匹驴。顶恨人的是连李大婶家的那匹黑驴也弄走了,她家大秃才入了伍,家里又没有旁的人,村里本来要帮她耕地。先是两个人帮她,两个人帮你。这会儿她家没了驴,两个人又不够了……"

栓子媳妇脸上露出了一丝笑意,没等村长说完就打岔了:"你是打算多派个人去帮她吗?这事情好办,四个人都帮她去吧。她已经上年纪了,我年轻力壮的,地也耕得了,粪也送得了。你不来说我也打定主意自己耕了。从打栓子当了兵,村里帮我不是一两回了,'坚壁'也来人,收庄稼也来人。其实我地又不多,也用不着什么帮助,粪也送完了,今天夜里我就打算掘地去,说不定鬼子明儿会来。"她随手拿起身边的镐来,左右摆了摆像要马上去似的。

村长深陷的眼睛盯着她没作声，黄三叔高兴地跟跄了两步，说："够这一份儿。"高高地跷起大拇指头来，"我为你挨打屁股真值得"。

村长收回了他凝视的眼光，"你也是春耕的英雄，三叔是老英雄，走，咱们快安排别的事，找李大婶去！"

（注一）"坚壁清野"被他这样误说了。

（注二）是说他不能做英雄的意思。

（《晋察冀日报》1943年1月12日，《鼓》副刊第5期）

边 界 上

仓夷

时候已经到了冬天了。边界上,夜里格外黝黑与寒冷,"野火"也特别多,一团灭了,一团又烧起。西北风吹击着沟旁歪斜的电杆,发出长长的震颤的哨音。

在一个"爱护村"的炮楼旁,熊熊的篝火在火坑里燃烧着。一阵风扫过,火熄了,接着就更炽旺地喷冒着火焰。

火坑前跪着十二个人,十二个被凌辱的苦难的人民,十二个英勇的反抗者,有男的,有女的,上身的衣服都被剥光了,他们正临着苦刑。

"说,你们谁给八路的干活?!"日本小队长叫嚷着。

"说啊——王八蛋!"翻译官助威似的骂着。

…………

十二人当中,一个十五六岁的小孩儿——锁子,被推倒了,背上涂满了猪栏里挖来的污泥。冰冷的棍子从他的倒背着的手臂间穿过,把他抬起来了。

"说不说?谁是给八路干活的?!"

"说了,你的可以回去!"

"小家伙,不说就要烤火了!"

火焰照耀着孩子的眼睛,他望着跪在地上的十一个人。他认得那头一个就是村游击组长,那个头发散乱、脸孔发白的是区里的一个妇女干部。他的眼睛像电流一样地向着跪着的人们的脸孔上望去,几乎每个人他都认识,他只要把手一指,更大的屠杀的惨剧就会开始的。

但是锁子把眼睛闭起来,头沉重地摇着。

"好——王八蛋,烤火吧!"

随着这声音的震击,人们都紧张地望着孩子。

"你们烧死我吧!我就是给八路干活的!"

孩子挣扎着,两个鬼子把他抬上了火坑,火焰就像贪婪的毒蛇一样向这孩子的身体舐着。

"啊——不能,不能这样!"

跪着的人们都愤怒地呼喊着。

"老乡们,我们不能屈服,我们不能让鬼子这样糟蹋……"

陈雪的脸庞死白,长长的黑头发披散在肩上。她从人群中挣扎着站起来,向火坑旁的敌人扑去。敌人一脚把她踢倒了,她又站立起来,火焰熙耀着她高举着的手臂,正向敌人的脸上挥去!

一阵嘈杂的吵闹声,逆着风,听不清楚。风过后,敌人就把陈雪捆缚了,用枪托和皮靴敲打着她的脊梁,骂她:"你的八路的干活!"把她解到了村里,其余呆跪着的人们都被敌人驱散了。

"你是八路的!"日本小队长恶狠狠地指着陈雪说。

"不,是老百姓!"陈雪强硬地争辩着。

"你的半夜的开路?"

"回娘家去!"

"你一定通匪!"

"没有……"

三个鬼子兵向她扑来,用鞭子打她,用冷水泼她。

日本小队长穿着破旧的黄呢大氅,两只手臂插在肥笨的腰间,叽里咕噜地嚷叫着。但是陈雪始终把面背着他。

"转过身去!"翻译官在旁边解释着。

"不要脸的东西,我就是死了也不看他那狗脸!"

陈雪咬紧了牙齿。日本小队长伸手摸着自己的下颏,凝望了她的背影一会儿,突然哈哈地狞笑起来。他马上派了一个伪警备队员,把陈雪押到离堡垒不远的一家民房里。

陈雪的心沉重地压在胸间,脑海里揪起了难堪的焦虑的波澜,摆在她眼前的是冰冷的墙壁——她已经被监禁在这冰窖般的囚房里。

当那照映在窗前的早晨的太阳光逐渐地明亮起来的时候,她的心情就更加恶劣、更加痛苦了。

陈雪是这一区的区妇救会主任。昨晚上,她带着区妇救会的工作总结、会费(这些东西是不能不带的),要赶到县妇救会去开会。快到这"爱护村"的时候,正遇着鬼子绑着一群人在拷打。她急忙躲闪,但已经被敌人发现了,追上了,捉住了。她已经来不及把文件毁掉,只好把那文件、会费等东西都抛在村外的路旁,当下没有被敌人拿去,但是现在天已经大亮了,这些东西会不会落到敌人的手里呢?

要是落在敌人的手里,那是危险的!

那总结中有全区的妇救会干部的名单,有全区的工作报告,而她自己又是半夜里被敌人俘虏了,县里是不知道这个消息的。现在她决不能向敌人承认自己是区妇救会主任……但是她不能就这样静默下去,决不能静默下去!

一个脸上涂着白粉的难看的女人给她送早饭来了,直送到她的跟前。但是陈雪迎面把手一挥,连饭带碗都叭喳地摔碎在地上。

她望着那个送饭的人说:"告诉那狗蛋吧!要不放我回去,我什么也不吃!"

看守她的那个伪军听见屋里有声音,就持着枪走进来。

"疯婆子!"他轻蔑地骂着,但是两颗眼珠却放射着恳求的光泽,好像说:"你千万不要这样做。"

陈雪不理睬他。

过了一会儿，翻译官来了。

翻译官脸色很忧郁，看见陈雪躺在炕上，没有惊动她，只在小屋子里来回地踱着。因为小队长在三天内就要和陈雪结婚，翻译官对这位将要成为"太太"的女人是处处都表示着敬畏的。

陈雪醒来了，翻译官恭顺地走到她的跟前："啊！姑娘，您别生气……"

陈雪好像没有听见。

"您嫌那饭不好，我们还可以给您再做……"

"滚开吧！用不到来孝顺我，孝顺你那日本老爷吧！"

"唔……"

翻译官脸色很忧郁，望着这个倔强的姑娘，心里很不安地呆立着。

"不放我回去，我就饿死在这里！"

陈雪昂着头，雪白的牙齿深深地咬着嘴唇。

"呵！这里吃好穿好，小队长又待见（喜欢）您，您何必……"

"何必！嘿！我不像你们这些黑了良心的人，我是中国人。我们中国人和鬼子是水和火，有冤仇，投降鬼子就得当奴隶！当牛马！我是一个良家妇女，没有见过世面，不像你们这些见过世面的人，脸皮厚，不害臊！"

翻译官忧郁的脸孔慢慢地涌上血丝，默默地听着，嘴唇一动一动的，像要说什么话。

陈雪的眼睛直望着翻译官，声音放平了，她说道："你回去告诉那狗蛋吧！赶快放我回去吧！我陈雪是死也不吃狗饭的！"

"呵！唔唔……"翻译官深长地吐了一口气，出去了。

翻译官是个东北人，是个中国人。

翻译官的心境非常杂乱，他不断地来看望陈雪，但是总是闷闷地离开这屋子。

翻译官回到堡垒的第二层楼上，日本小队长比以前待他客气百倍了，笑着点头招呼："花姑娘的，好的？"

翻译官也勉强装出笑脸："好的！好的！"

但他立刻觉得这回答太突兀了，他想把陈雪不愿嫁他的话说出来，要是现在不说，将来一定要演出悲剧。但是现在要是说出来，那悲剧也只有更快地扮演而已。这有什么法子呢？

电话机的铃声响了，他心里一跳，就下了炮楼接电话："呵！你是老王吗？……呵！"

翻译官的声音里充满了哀愁，不住地皱眉。那和他谈话的是××"爱护村"堡垒上的翻译官，约他去喝两盅酒。

"呵，谢谢您的好意，我这里有事！唔唔……不，没有什么大不了的事，不过，不过……唔，改日再去吧！对不起，唔唔……"

翻译官在炮楼上和小队长勉强地谈了几句话，又到堡垒的上层观望了一会儿。陈雪的问题使他极度不安，不住地摇头，纸烟烧到嘴唇他都没有发觉。终于，他想定了："女人的心是软的！我一定要用利害把她说转回头来！"他匆匆地走出了炮楼，向村子的大街上走去。

陈雪一个人坐在小屋子里，像坐在最冷的冰箱里一样。她思索着："怎样来冲出这个'囚笼'呢？'家里'同志们是不是知道我已被捕呢？他们会不会来救我？没有来救我的时候，我怎么来对付这敌人呢？"

显然，敌人是不会便宜地放她回去的，陈雪明白这一点。她自己正在思索着，就听见屋外有许多吵闹声。

"啊，这闺女多可怜呀！唉！"

"真是，怎么尽管关着不放也不让我们进去看看！你们……"

许多老太婆的声音在争吵着，还有一些年轻妇女的埋怨声。这是村里的老乡们要来看望陈雪了。

"不行！你们都滚开，'皇军'知道了可不是玩的！"

"我们送点儿东西给她也不成吗？"

"不要啰唆了！滚开吧！瞎婆子！"

声音由杂乱而渐渐地平息、无声了。

陈雪极力地想出去安慰亲爱的老乡们两句，但是门是倒锁着，窗子又那么小、那么高，她只好心里默默地感激着这老乡们的关心。同时，也就更坚决地下定了主意：没有别的办法，就只有和敌人拼死了！

天色已经大黑了。

一个十五六岁的小孩儿，额角裹着头巾，慢慢地走近了陈雪的囚房，被看门的伪军发觉了。

小孩儿踟蹰了一下，伪军就追上去，一把把他抓住。

孩子咽咽呜呜地哭起来。

"滚蛋，讨厌鬼！"

伪军推了他一下，他却停止了哭，低声地说道："老总，让我看看她吧！"

"看她干吗？不行，滚开！"

"老总！"孩子很亲热地招呼着伪军，用手指着陈雪的囚房："你让我进去看她一下，她是我们村里的好闺女，人挺好，我娘听说她给日军捉了，要我送几副挂面给她吃。老总，她可是个好人！"

伪军眨眨着眼睛。

"老总,我娘心里可难受,要来瞧她又走不动,老总……"

伪军低着头,拖着两腿在屋子外来回地巡逻着。街道是静谧的,炮楼是静谧的,大地也是格外的深邃与黑暗,除了夜鸟的叫声和那长年不停息的滹沱河的水流声以外,就是伪军自己沉重的脚步声了。

孩子到了陈雪的屋子里。

陈雪头发仍旧披散着,坐在桌旁,望着灯光照耀着的这孩子的被火烫伤了的脸孔。她好像见过他,但是却不住地摇着头说:"我不认识你,你出去吧!"

孩子焦急得脸孔都涨得火红。

"我就是昨天晚上给鬼子放在火坑上烧的,不信你瞧我的身上。"孩子要解开衣服。

"不用看,信是信,但是我是李三妮,不是什么陈主任,你认错了!"

陈雪怀疑着:"这孩子为什么会进得来?"

锁子两颗眼珠像电光般地注视着她:"你不相信我吗?你丢在村口的文件,还有十五块边币,我都拾到了。"

"真的吗?"

陈雪高兴得站起来,锁子也嫣然地笑了:"怎么不是真的?我把那些东西都送到区里,她们很关心你,还给你写了一封信,她们可记挂着你呢!"

锁子知道面前站的是陈主任无疑了,于是就把挂面解开,掏出一张很小的纸褶来。陈雪刚接过信,门就咿呀地开了。翻译官慢步地走进来。

锁子发呆地立着,嘴唇颤动着。陈雪感动得眼眶中都涌出晶莹的闪亮的泪珠,急忙地站起来,抚着锁子的肩膀说:"好兄弟!回去吧!

你叫娘别伤心！你也好好念书，学好本领。我反正是被鬼子害了！好兄弟！……"

陈雪用身子拥着锁子走到门口，锁子却紧紧地拉着她的手："你跟我回去吧！姊姊！"

"你走吧！停会儿天太黑了……"

翻译官像木偶一样地站在门旁，望着那孩子的背影在黑路中消失了。

边界上，夜里格外黝黑与寒冷，"野火"也特别多，一团灭了，一团又烧起。

西北风吹击着路旁歪斜的电杆，发出长长的震颤的哨音。

这"爱护村"的炮楼里，今晚和往日不同了！今晚有着明亮的灯光，有着杂乱的谈话声。日本小队长穿着一身依然是破旧的黄呢大氅，但是胡子却刮得干干净净的。他派了一个伪警备队员去要陈雪，但是去了好一会儿却不见回来。他正要派第二个伪警备队员去要的时候，堡垒外的吊桥上突然传来了爆炸声。接着又是一声，堡垒里的刚点燃起来的灯光也都顿时熄灭了。

我们县里的民兵大队来救陈雪了。

民兵们摔了两个手榴弹以后就把堡垒团团地围住。一部分民兵由锁子向导，把陈雪很快地救出来了。

锁子望着那站在门旁吓得发呆的伪军，警告似的说道："跟我们走吧！我们是八路军，你留在这里鬼子要杀死你！"那伪军不自然地望着锁子傻笑着，就气喘喘地跟在民兵们的背后。

周围各"爱护村'的堡垒都响着机枪声，像深夜里因为什么事情的骚动而引起各村的群狗的长嚎一样。

边界上，每一次对敌人的斗争都增强着人民的热情与勇敢。

第二天、第三天,在这边界上有一个年轻的男子在徘徊。他的面孔很忧郁,他明白他是个东北人,是个中国人,他的眼前不断地出现着陈雪的倔强的姿影,耳畔响着她的明晰的声音,他凝望着那封锁沟所划成的截然分开的边界,不住地徘徊着……

一九四二、十二、十一日平山

(《晋察冀日报》1943年1月20日,《鼓》副刊第6期)

"我不来看你,也放心了!"

赵书元

田更志同志参加我们八路军了。不几天以前,他是被敌伪强迫编入了"青年团"的,那时他就想:"在'青年团'里不是要慢慢变成汉奸了吗?"因此他下决心离开了他的家,离开了他的老娘,跑到我们部队里来抗日了。

在部队里,他是个新战士,大家都很关心和爱护他,他才十六岁呢。可是在夜里,他哭起来了,他想他的家和亲娘,同志们都向他安慰和解释。第二天又和他一起娱乐,于是他变得很活泼、很快活了。

过了几天,他的母亲从敌占区里来找他,手里提着一个包袱。恰好赶上我们上课,他从人群中望见了田更志,便高兴地说:"那不是更志吗?这回可见着了!"班里的同志们都很欢喜,便把她领到屋里去。

我们的政治战二对田更志同志开玩笑说:"田更志,见了你娘可别哭呀!"

"不,哭什么呢?!"他说。

进了屋里,同志们都叫老太太坐下,但他一见到自己的儿子便忍不住了,还没有说话,泪珠便从眼里落下来。

"更志啊!"她说,"从你走了以后,娘就没有吃过一顿舒心的饭哪!……我想你还是同我回去吧!"

更志说:"不,娘!你哭什么呢?不要想我呀,我不回去了,在这里抗日多好哇!"

"你抗日,我呢?你知道我多么困难!"

"在家里我要是被日本鬼子抓去了,到东北做苦工、当伪军,永远给日本人当牛马,那时你便永远见不着我,你会更加心痛了!"

"是的!"我们的政治战士李金荣同志说,"敌人现在正抓青年壮丁,你的儿子抗日是光荣的,你看他多高兴啊!"

老太太温柔地说:"我明白,你说的我都愿听,可是我就是想我那儿子哪!"

"自己的儿子不能常跟着呀,你老只要过一个时候就好了!"

田更志也接着说:"娘,咱们在家时连被子都没的盖,这不是鬼子闹得吗?鬼子抢了咱们村的粮食和东西,还杀了五大伯,这仇不报还等什么时候?……再说了咱在这里有吃有穿还上课识字,不好吗?"

"得了!"老太太擦去了眼泪,脸上浮着满意的笑容说:"你愿意抗日,我更愿意,只是我怕你难受。你要是不想家,我也欢喜了。"

于是,她把带来的一包东西,煎饼、芝麻、□、山药都给了她的儿子,说:"你吃吧,以后我不来看你也放心了!"

老太太又坐了一会儿,问那问这。最后大家送着她走了。全班同志都欢天喜地地回来。田更志同志也没再想过家了。

(《晋察冀日报》1943年2月2日,《子弟兵》副刊第66期)

过旧年，在抗属家里

刘矢

房东老头儿是一个抗属——他的大儿子参加子弟兵，小儿刚刚八岁，儿子的娘早已去世了。虽然他的生活是孤苦伶仃，但他很愉快。

旧历年的晚上，我们班里凑了些钱，买了些瓜子、花生，开一个茶话会，于是把房东也请了来。

他是一个好说话的人，讲起来眉飞色舞、指手画脚地便再也坐不住。谈起年节的时候，我们都互相交换着过节的情形、感想。

"今年的年节我们过得顶舒服，虽然现在是最困难的一年。"他说，"像往年，穷人是顶怕过年的——要账的挤破了门，简直没法搪。头事变那一年，你猜俺是怎样过的年呀？"他咽了一口唾沫，眼也一挤一挤的，好像有点儿心酸了："我们过得连仅有的三□斗麦子都抵账了。吃肉？简直是做梦！大孩子气得跑出去一天没回来，小孩子哭着闹着要馒头吃，他娘爬在炕上哭起来。我有什么法子呢？最后只好硬着面皮在他二叔家借来二升黄米……这就是过年哩！人家过年都笑，俺家过年都哭……"灯光下，我看见两颗泪珠在闪闪地发亮，可是，他忽然又笑了。

"以后八路军来了，实行了减租减息，在那回过年我家里还都能买两斤猪肉吃。去年春天，我听说要实行志愿义务兵，于是我叫大儿子也报了名。欢送会是在新年开的，区长在会上还说我模范，说我人老心不老呢！"

他脸上浮起骄傲的微笑。

我们又问他是否想儿子，他说："可不！儿子走的时候对他的老爹爹还有点儿不舍。我火了：'这么大了连打日本都不积极！'我还骂他没有男人大丈夫的气魄呢！后来他才头也不回地走了。"

"你儿子回来看过吗？"

"头年十月二十五，他回来看了看。短短十个来月，他竟什么都变了：吃得也胖了，识字也多了。从前他没有念过书，只是在村识字班成立后上过几次课。可是现在他的日记本上都写满了字，据他说报纸也可以马马虎虎地能看懂了。他回来讲这个、讲那个，我的屋子里挤满了人，他讲苏联、讲英国、美国……他的老爹爹在这方面可比不上了。他整整讲了一天，甚至连饭都不愿去吃了！"

我们都笑起来。他越说越有劲儿，胳膊一扬一扬的："他还讲他们连里生活多么好，我真没有想到的。要不是我年老，我也早去了。晚上，我也给他讲些家里的事情——村里如何帮助春耕、收打。他住了一天走了。临走，他告诉我不要挂念他。我也嘱咐他不要惦记家里。"

他说着忽然走出去提了一篮子糕进来。

"吃吧，同志们！这是村子里优待抗属的！"他好似对小孩子一样地给我们分配着，每人两块。我们都想拒绝，但他却不顾□□地只管讲下去："今年春天，村农会、青救会都帮我浇、担粪，翻土……我很觉得过意不去。到今天，村长农会主任又给我送来一大篮子糕，还有一大块猪肉，使我心里很不好受。从前我是最被人瞧不起的，现在倒叫人抬得这样高。后来我才想到：只有给儿子写封信，嘱咐他好好地打日本，多杀几个日本鬼子，争得功劳去报答我们的乡亲吧！"

我们都被他感动得流出眼泪来，最后他又说："现在我的生活比从前好得多了。八路军一来，至少可以叫我多活十年！"

他笑着，我们也笑。

（《晋察冀日报》1943 年 3 月 2 日，《子弟兵》副刊第 68 期）

爹娘留下琴和箫

孙犁

去年,我回到冀中区腹地的第三天,就托了一个可靠的人到河间青龙桥去打听那两个孩子的消息。过了一个星期,送信人回来说她姐妹两个在今年春天就参加了分区的剧社,姐姐已经登台演奏过,妹妹也会跳舞。社长很喜欢她们,抚养她们的衰老的外祖父也带给我一封用旧账篇写的信,谢过我的费心,好像很愉快。在信的末尾他又想起死去的姑爷、久不通音讯的女儿……泪痕还可以辨认。但是那总的感情,我看出来,老人是很振奋的。

这老人也是个音乐爱好者,直到今天他还领导着本村的音乐队。他钟爱自己独生的女儿,和钟爱他那笙笛胡琴一样。他竭力供给女儿上学,并且鼓励她要和一个音乐能手结婚,哪怕是一个穷光蛋,只要十个手指能够拨弄好丝弦,两片嘴唇能吹好竹管。这样我那朋友钱智修就入选了。

接到老人的信,我也长出一口气,这代表我自己,也代表我那死去的朋友。这样他可以瞑目了。而我也像那老人了却一件挂心事一样,甚至不想再去看看她们。我想她们既入了这个园地,就会有人浇灌培养,热情和关照不会比我差。人多,伙伴多,一定比我还要周到。算来,大的孩子已经十三岁,小的是十一岁了。

我同她们的父亲虽然是同乡,但是在抗战刚开始,家乡正在混乱的时候才搅熟了。那时候,我闷在家里得不到什么消息,就常到他那里去,一去就谈上半天,不到天晚不回家。在那些时候,我要求几次,他才肯把挂在墙上的旧南胡拉去布套,为我,在他也许是为他自己,奏几支曲子。在那些时候,女人总是把一个孩子交到我的怀里,从床头上拉出一支黑色的竹箫来吹。我的朋友望着他那双膝间的胡琴筒，女人却凝视着丈夫的脸，眼睛睁得很大，有神采随着音韵飘出来。她那脸虽然很严肃，但我详细观察了，总觉得在她的心里和在那个男人的心里有一种共同的东西在交流。女人的脸变化很多，但总叫微笑笼罩着。

他们之间看来已经养成这样一种习惯，女人与其和丈夫诉说什么，是宁可拉过箫来对丈夫吹一支曲子的。丈夫也能在这中国古老的乐器的音节里了解到爱人的要求和心情。这样把生活推演下去，而且他们的生活如同我的生活一样，过去的二十八年里是很少有任情奔放的时候。现在，生活才像拔去了水闸的河渠一样开始激流了。所以，我的友人不愿意再去拉那只能引起旧日苦闷的回忆的胡琴。

不久，他就参加了那风起云涌一样的游击队。女人却留在家里一个时期，因为还有两个孩子，就是现在我说的大菱和二菱。那个女人比起我的朋友来更沉默些，但关于她的孩子的事是很爱谈论的。就在那些时候，我去拜访他们，也常从孩子的病说到奶不够用，说到以后的日子。她很少和我谈音乐上的事，因为我虽然常自称很懂得音乐并且也非常爱听音乐，她总不相信。她说一个人爱什么早就应该学习了，早就应该会唱会奏了，不会唱不会奏，那就是不爱。

有一次，我指着怀里的大孩子说："你说大菱爱好音乐吗？"

"爱！"

"她也不会唱不会演奏啊。"

"好，这么把大人和孩子比。"

我也觉得这孩子将来能够继承父母的爱好，也能吹唱。她虽然才八岁，当母亲吹箫的时候，她就很安静，眼里也有像她母亲那样的光辉放射出来了。

那母亲说的，爱好什么就该去做什么。不久，她就同丈夫一同到军队里去了，把孩子送到河间的年老的父亲那里去。大菱爱好音乐不久也证明了，那时已经丧失了南胡的演奏者，孩子们还不能即刻去射击，但也知道爱好复仇的战争了。

敌人进攻我们的县城，我的朋友同他的部队在离县城十五里地的沙滩迎击，受伤殒命。那时正是春天。孩子们的母亲赶回来，把他埋葬了。在我看来，这样一个丈夫对她是不能失去的，失去就不能再有，甚至连她也就失去了生活的主持，在心里失去了主张。她把孩子们接来，又到家里去整理了一下我的朋友的遗物。她和我商议，把大菱交给我看管，她带着二菱去，因为孩子们要受教育了。临走，她把那个已经布满灰尘的南胡给我们留下，她和二菱带走了箫。我想箫对她或许有用。至于胡琴，只是在第一个夜晚，大菱从梦里醒来哭着叫妈的时候，我扯去布套，拉了几声，哄她上床去睡。

等到大菱和我熟惯了以后，一天夜晚，或者是什么中秋节日，我给她讲了一个故事。虽然说在教育心理学上，我不应该用这样的撕裂人的心肺的悲哀的故事去刺那样稚小的孩子的心灵，但我终于讲完了。我努力看进她的眼睛，当看到从那小眼睛里逐渐升起了怨恨的火，我才抱起她到临街的窗前。

"珂叔叔，你把爹的南胡放到哪里了？"

孩子找到了南胡。我帮她定好弦，安放在她那小膝盖上，孩子就也望着那胡琴筒开始演奏了，但那声音简直是泣不成声。我支持不住自己，转过身去，探身窗外，月色多么皎洁，天空多么清冷啊！

冬天，母亲带了二菱来看我们。母亲已经能够镇静，只是当从包裹里拿出一双白色的小鞋给大菱换上的时候，她才哭了。

我叫大菱拉南胡给母亲听，母亲大大惊异地望着我，半天没说出话来。当她又从包裹里拉出那支箫来交给二菱，那九岁的孩子就慢慢地送到微微突起的嘴边去，我才知道她为什么那样惊异了。但我想，只是这样来叫孩子们纪念父亲吗？

这一次，母亲又把二菱强留给我，说是要到延安去了。箫交在二菱手里。那时，村庄后面就是一条河。我常带她们到河边去，讲一些事情给她们听。我说人宁可像一棵水里的鸡头米，先刺那无礼的人一手血，也不要像荷花那样顺从，并且拿美丽的花朵来引诱人采撷。两个孩子高兴听我讲，我也愿意她们完全愉快。有时甚至感觉，虽然我不到三十岁，在这上面已经有些唠叨了！

不久，我只得把她们又送到河间去，因为我要到别处去工作。

今年五月，敌人调集了有四五万兵力，说要用"拉网战术"消灭我们。我用了三个夜晚的时间跳过敌人在滹沱河岸的封锁、沙河的封锁，走过一条条的白色蛇皮一样的汽车路，在炮楼前面蹓过去。我想，叫敌人去拉滹沱河和沙河里的鱼吧，我可是提着驳壳枪在他们身边走过来了。每逢在雨露寒冷的夜间踏上一条汽车路，我就想："敌人像一个愚呆恶毒的蜘蛛，妄想用那个肚子里拉出来的脆弱的线网绞杀有五年幸福生活的人民和有五年战斗历史的子弟兵吗？我看见敌人那些炮楼在夜色里摇摇欲倾，因为它们没有根柢。

我们又在白洋淀里集合了。已经是秋初，稻子比往年分外好，漫天漫野的沉重低垂的稻穗。在田埂上走过，稻穗扫着我的腿，我就像每逢跳到那些交通沟里一样，觉到振奋了。

我重新看见了那无底洞一样的苇地，一丈多高的苇子全吐出荻花，到处都有苇喳子鸟的噪叫。我们那些把裤脚卷得高高的，不分昼夜在泥泞里转动、战斗的士兵们，静静地机警地在那里面出没，简直没有声响。苇叶划破他们的脸皮，蔓延的草绊住了腿脚，他们轻轻地把它挪开了。

一个夜晚，我和一个专摆渡游击战士的船夫约好，到淀北边一个偏僻的小庄子上去。我顺着羊肠小道摸到了泊船的处所，对好口令、暗号，跳了上去。借助星光和经验，我知道那是一只以前放鱼鹰捉鱼的尖底的小艇，只能坐两三个人。我倒坐在艇的前面，船夫站在后尾上撑起篙来。

船夫默默地拨弄着小艇前进，离了岸到水浑处就加快起来。十几天来，在炮火毒气里工作已经使我十分的神经质，身体的各部分收到一个近似枪炮呼喊的声音就立时反应动作起来，每一条神经像多日因为焦躁失眠的人一样，简直容纳不了什么刺激，对什么刺激也立刻会有本能的抵抗。现在坐在船上了，眼前是一片茫茫的水，船划过荷梗菱叶，嚓嚓地响，潮气侵到眼皮上来，却更有些清醒了。我开始想到这也是和大菱二菱旧游之地，现在淀不是闲游处所，我们就要在这里和敌人决战了。我忽然小声问："同志，你这是只鹰船吧。"

"是啊！"他的声音更小。

"白天还放鹰吗？"

"看事。有了亢日的事，别的全二五眼！"

"鱼还多吗？"

"多个屁，鬼子一来，人间百物全都晦气。鱼鹰，他们看见了全要抢去杀掉，捉鱼儿弄屁！"

他即刻制止了我说话，他用篙尖敲了敲我，连船划水的声音全寂然了。一会儿，我看见在两边远处，一个火亮一闪，就是一梭机枪。

"我们的队伍。"他低低地讲了一句。

当船将要靠近北岸的时候，他告诉我说："就在这个地方。"他用篙触一触一个已作废的渔人撒网站立的棚台架，"两个女孩子死得好惨"。

他说过，身子很像要站不稳，船也摇摆起来，他继续说："同志，我也是五十岁的人了，也伤过几个儿女，可是没比这一次伤了我的老心。她们就坐着我的船啊。刚上船来，你没见过那股欢喜劲儿，她们大的不过十三四岁,那小的也就有十岁,还有像你这样一个同志带领她们。一上船那大孩子就说:'可不怕了,在这里我们就不怕他们。'你知道,那些孩子也是和我们一样,在敌人的炮火里爬过来跳过去啊。那孩子说了就爬在船帮上洗了一个脸,把一个多月小脸上带着的烟火气汗土、眼上的泥污全洗了个干净。那带她们的大同志还说不要洗脸,战斗没完啊!那孩子不管,把头发也洗了洗。我没见过那样俊气的孩子,我看见了这样可爱的孩子,我就忘去了我那死去的孩子了。我也高兴,就说洗吧,咱们不怕他们。可是就在这个地方,没提防岸上那片苇地里一小队鬼子跑出来,就用机枪向我们扫射。那大同志把那个小女孩子拉到自己怀里,卧倒下去,他是第一个死的。当我赶紧拨转船想跑,那大女孩子就直栽到水里去了。临死我还看见她那新洗过的俊气的脸,就是我这老没用的倒钻到水里逃了命。"

我听下去,无数我认识的孩子们的脸就一一出现在眼前,我检阅着她们,我也一一检阅自己的心、志气。我在孩子们的脸上,像那老渔人的话,只看见了一般新鲜的俊气,这俊气就是我的生命的依据。从此,我才知道自己的心、自己的志气对她们是负着一个什么样誓言的约束,我每天要怎样在这些俊气的面孔前面受到检查。

那老船夫最后一篙把船撑到岸上,临别他又说一句:"就为了这两个孩子,我也要干到底啊!"

我在岸上停了一刻,看见他急转回船去,箭似的走了。我再看看那久作废的渔人撒网站立的棚台架,但已经不能辨认。我从那茫茫的一片水里像看见了大菱和二菱。

我走向那约定工作的小庄子上去,我甚至忘记了那附在我裸露的腿上像马蝇一样厉害的蚊虻。我不是设想那殉了难的就是大菱姐妹,那也许是她们,也许不是她们,但那对我是一样,对谁也是一样,像那老船夫说的。

当然，我想起那些死去的同志和死去的那朋友。但是这些回忆抵不过目前的斗争现实。我想，我不是靠过去的回忆活着，我是靠眼前的现实活着。我们的眼前是敌人又杀死了我的同志们、朋友们的孩子。我们眼前是一个新局面，我们将从这个局面上扫除掉一切哀痛的回忆了。

我整天就在那一个小庄子上工作，一股力随时来到我的心里。无数花彩来到我的眼前，晚间休息下来的时候，我遥望着那漫天的芦苇。我知道那是一个大帐幕，力量将从其中升起。忽然我也想起在一个黄昏，不知道是在山地或是平原，远远看见一片深红的舞台幕布飘卷在晚风里。人们集齐的时候，那上面第一回出现两个穿绿军装的女孩子，一个人拉南胡，一个人吹箫，演奏给人们听。

一九四二年八月二十五日晨

（《晋察冀日报》1943 年 4 月 10 日，《鼓》第 11 期）

岗楼里的恐怖

李英

冀中定南县××庄,敌人也设了炮台(岗楼),那里守着十三个伪军。白天,他们跟着鬼子兵到四下里胡作非为;晚上就把吊桥高高地吊起,闷睡在小屋里。

他们每到夜晚就发起愁来,尤其在有风雨的六月夜黑天,生怕八路军来摸他们,简直是通夜难眠。

一日刮起大风,太阳落了,乌云塞满天空。不一会儿,天就乌漆漆地伸手不见掌了,伪军们慌忙地将吊桥吊起,闩紧门,个个心神不定地在岗楼里打转。

风越刮越大,天越来越黑,天边滚着沉雷,炮台旁边的电线也在尖叫,除此没有别种声息。这夜是多么可怖!伪军们伏在屋角里,谁也不敢哼一声,各人都嘀咕着自己的心里事。"八路一定会来的!"这念头普遍地袭击着他们。

突然"哐当"一声响,把炮台也震动了。

"来了!"他们十三个的脑子同时这样地领会了,动手收拾着各人的东西,口里低声埋怨着,在昏暗里,头撞在了一起。

风声不休止地怒吼着,这小小的炮台像要倒塌了,"咕咚"又一声响动。

"中国人不打中国人!"一个伪军急急地撞到窗口,哑声地嚷着。外面一片黑,风刮得树枝不住乱响,他又跑回去卷行李。

"反正咱没有干什么坏事。"一个自言自语着。

"去你妈的吧!你光知道发财啦。"一个闷闷地反驳着。

"我们都是鬼子强迫来的中国老百姓,谁愿意吃这碗饭?"哭声说,"我们早不愿意干了,正好你们来了,我们反正吧!……"两个人闪在窗口向外喊着。

"千万别打!我缴枪!"不约而同地说。

一个家伙跑到窗边,"通啦",一条枪扔出了岗楼。

"我也缴",又一条枪扔下去,"我叫王三水!同志你记着!"

枪都缴出去了,他们睡不下觉去,行李包袱都打得好好的,直挨到天明。

天好容易亮了,一群老百姓都来当夫,谁也不敢晚到。走到岗楼旁边,他们惊奇地发现门还关得严严的,满地上堆着摔断的枪支、折了腰的吊桥,还有一把躺在地下的大梯子。

(《晋察冀日报》1943年4月15日)

平静的初春

康濯

刚过年就开春了,日子也显得长了些。望望天,大晴天,那么高,老阳照着正开冻的田野,田野里仿佛就有灰尘像杨花□飞扬。"杨花"丛里就短不了有人们推着小车往地里送粪哩!

老汉这几天也不待在老阳地里歇着聊天了。他在拆炕闹粪、垫圈、拾掇粪篓和牲口笼头;要不就望望牲口,望望那两个猪仔。猪仔是年上腊月底才买的,这几天它们也觉着天气暖和,不老是缩在圈角小卧室里了,短不了到圈里走走,"拱格拱格"地哼两声,把嘴伸到粪里边去。老汉看着这两个小家伙比买来那工夫壮了些,满心高兴。

老汉提了桶泔水,走到圈边,倒一点儿到猪食槽里,自己就在圈边上蹲下来,看着小家伙连耳朵都埋进槽里,"啧啧"地吃得那么香,就拿了根棒拌搅着槽里的食或者拍拍猪们,又一面咕噜着:"不用抢嘛!呃!畜生!呃……呃呃你个狗×的!"

顺手就给抢的那只一棒子敲去。

槽里的食干了,猪们的嘴拱到他腿边上了,他才又倒下去一点儿,又啰唆地□像跟猪们谈起话来了。于是,直到桶里最后的一点儿泔水也倒进槽里了,猪们也快吃完了,他才提着桶立起来往回走。可是,走两步又回转头来,站住望着猪们。这工夫,猪们的四只眼睛也刚好正望着他。

近来他的心情又平静又快活,他知道今年要反攻了,就盘算着过过日子。自然对于这个大问题,他实在是闹不很清;然而,他可有一股劲儿。那天村里队伍上的人们闲聊着说:"只要咱们正经加劲儿干,一旦红军把希特勒打败,咱们今年就要反攻,打走鬼子!"

"哼！熬了这么几年，眼看熬到了，谁们狗×的要不正经加加劲儿，那才是个灰孙孙！"老汉挠了挠胡须，溅着唾沫星子说。然后又向四周望了望，引得人们一个个都点着头赞成他。他想：抗日抗了五六年，闹来十大几亩地，鬼子走了，可不得正经过几年好日子么？

天黑了！老汉拆炕拆了一整后晌，累得不行。他端了碗菜饭，坐到院里阶沿上喝得挺痛快。这工夫，儿子老大进来了。

"什么事啊？闹到这早晚才回！"

"呃！大事哩！"儿子接过媳妇递过来的饭，挺高兴的样子，"爹！咱们又快选村长啦！"

"选村长也有你的事吗？"

"怎么个没我的事！这会儿选村长，准备反攻嘛！可重要哩！"

儿子在爹身边坐下，还在说着民主什么的，可是老汉没心情听下去了。他想：拆炕也不帮帮手脚，让老子自个儿干活！你一个什么除奸组员，又是什么农会委员，事还少吗？选村长也要你忙？

老汉并不讨厌儿子，也不阻碍他干工作。只是他总觉着儿子顾家总顾少了点儿。当个干部，顶两个名儿，就这么忙吗？一回家总是说开了什么会，或者说反攻啦什么的！你还有人家队伍上说得好？

还是儿子老二好。老二干庄稼活，又挺结实，在村里嘛，青年会当主任，地位高；前年参加了八路军，这会儿就当了班长，还短不了来个信问长问短的，文化也提高啦！他把碗筷一丢，走进屋子，见到墙上这边贴了一张陈旧了的《赵子龙大战长坂坡》的画，那边贴了刚才发来不几天的画，画着鬼子快死了。两张画中间钉了个钉子，上面挂着交公粮的收条、赶集使唤了的通行证，也挂了儿子老二两月前才写回来的一封信，是问候家里安好的。老汉又想要取下信摸两下，就灯前看看；但是，想起那信上也写了一大篇什么反攻呀、加劲儿干呀，他又有些不高兴，觉得儿子们都是这一套了。

第二天，老大又有事，大儿媳也得带上小孩儿们去上民校，还得老汉自个儿干活。

老大说："爹！过两天我来加油。这会儿你要累，就多歇着点儿。"

儿媳说："爹！哨子吹了三遍了，猪也得你喂喂啦！"

爹说："你们走吧！我贱骨头，我干吧！"

爹老实有些不乐意，可是望着儿子媳妇们笑着闹着的背影，又忽然觉得他两口子实在也不坏，对他从来没摆出过难看面孔，总是嘻嘻哈哈地体贴自己的，他又平静了。

他套好了牲口，装了满篓子粪，"哒哒"声里随意地抽了一鞭子，牲口走了。他的牲口今天成了人们注意的目标，牲口驮的是个新粪篓，新鲜物件儿，人们聚拢了来："这物件儿好使唤吗？"

"多少钱呀？"

老汉不爱答复，支吾着，赶紧抽着鞭子快走了。他觉得被人注目很有些难为情，这都是老大嘛！老大买了个这物件儿，还挺高兴地拍着他肩膀说："爹！你看，新粪篓！"

"什么？"老汉不认识这物件儿，惊奇得胡须也翘起来了："这……我说，这是什么物件儿？你搞什么鬼啊？"

"呃！活底粪篓，新鲜物件儿，可好使唤哩！"

"活底粪篓？我见过上下五六代使唤的家具，就没见过这。"

"那自然呀！这是边区新发明的新技术嘛！"

什么新技术呢？粪篓底是活的，用活绳绑在篓下面，这也是什么新发明呀？装粪还不是装那么多！老汉见到年轻人们推着粪车，粪压得那么高，一车足有两三驮子，小伙子们推得"格敦格敦"的，挺有劲儿。他想：要是老二在，也这么着多推几车，敢比什么活底粪篓强得多。

粪驮到了地里，老汉吆喝牲口立下，气愤愤地学着儿子教给他的，把绳子一拉，篓底掉了，粪"哗"一下就掉下来了。牲口头一次眼见这新玩意儿，受了惊，猛地跑开了，还伸着脖子"喔喔……"长嘶。老汉急得冒火，紧追着，牲口就跑得更紧，忽然把粪篓也摔下来了。忙了半天，老汉才抓住牲口，就跳着脚乱骂，并且勒紧拳头，朝牲口尾脊骨旁死死狠命地捶去，一面嘴角溅着白沫，咬牙叫着："你、你、你……你个狗×的……你……"

牲口挨了揍服帖了，低下头来靠着老汉，喘着气，光哼哼，像要求哀怜似的。老汉这才平息下来，往回赶牲口。第二回，老汉很注意地拉绳，牲口也得到教训不跑了，光陡地跳了一下。于是第三回，第七回、八回，惯了，老汉也才感觉到新粪篓的确方便些：省了起驮子的劲儿！并且人家来回五六趟，他就七八趟了哩。

一股平静的甜味又涌上老汉的心情里：他觉得儿子到底是儿子嘛！抗上了日，世道好了，儿子也上了劲儿，闹腾了多年才闹得个这于今十大几亩子地。年上为地给东家闹麻烦，也是儿子靠着农会调解好的。再说年上收成不好，也多亏儿子冬天里成天赶牲口，上这个集籴粮食，又赶那个集籴粮食，帮补点儿过活，还买了两只小猪仔。于今，眼看猪仔们一天天又壮又胖了呀！

想着想着就干上了劲儿，老阳当顶了，儿媳叫他歇会儿，他没搭理，他要多送两趟粪，多干两下，不就能多打两粒粮食吗？记得春耕动员会上，区里有个干部说："多干两下，就多打几粒粮食，军民吃得饱，好反攻……"

会上那工夫，老汉听了老实不舒服，他笑着对旁边人们说："种庄稼活的事，你不开会，人们还会不干吗？唉！真他狗×的……"

这会儿想起来，区里那些话也对！多打点儿粮，公粮自然得交，凭良心也不能叫人家八路军饿着嘛！自个儿儿子老二不也是八路军吗？打得多，交了公粮也就剩得多，那工夫猪们也壮了，鬼子也快了，过几天安生日子，老二回来给娶个媳妇，抱抱孙儿们，可不正经乐几天？

老汉又激动起来，想起翠妞那大姑娘跟老二打得挺好。这世道，什么青年自个儿找婆娘，不下聘礼，不问爹娘，老汉看不过意。不过，翠妞家倒还门当户对，那妞子也不错，又是个妇女会干部，她跟老二听说私下里许过心愿的哩！年上中秋老二回来还去看她来着，这总得有个分寸呀！要不就请人下聘礼去。

送了一整天粪，实在累了！看看老阳偏了西，该闹吃的去了。老汉赶着牲口，向人们夸说着活底粪篓的方便，就走进了村。这工夫，只见圈里猪仔们在乱拱嘴，伸着嘴"□□"地叫嚷。他骂着："狗×的也饿啦！老子还没闹吃的哩！"

回了家，院里老大两口子和小孩儿们，还有个什么妇女正在笑闹。见了他，老大赶忙跑上来说："爹！老二又来信啦！问咱们过年安好！"

"啊！又来信啦！"老汉忘了拴牲口就急跑上去，"念……念念！"

"爹！是翠妞从区里开会带回来的！"

"啊！"老汉一听儿媳的话，惊得退了退，翠妞赶紧扭过头去，只听得老大说："哈！老二敢许还写信给翠妞了哩！"

"呃！别胡说，念吧！"老汉蹬着脚，翠妞却低着头溜过老汉身边，陡的一下往外飞跑去。老大赶紧追着嚷："翠妞别跑！念念呀！咱可念不清！"

老汉一把抓住了儿子，狼狈地抖索着："你！我说你，你给找媒人说说吧！你……"

外面，大儿媳追着翠妞追到街里，大概是又碰上了妇女们吧！扭作一团的叫闹声、尖笑声叽叽喳喳地传进来了。

二、十四午

（《晋察冀日报》1943年4月18日，《鼓》第12期）

翻 过 来（创作）

王炜

李圈住的疯死把整个大李庄都搅动起来了。这并不是因为李圈住的儿子李通在本地面儿上当武装宣传队长所引起来的尊敬，而是敌人给他们制造了共同的悲惨的命运，使他们联结在一起、生死相关了。

女人们好像忘记了去做早饭，都站在大门口不安地张望着，间或有两个女人谈话的时候，也都几乎咬着耳朵来说，那声音低得使第三个人没法听见，恐怖的神气更叫人惊愕。

男人们都带着满脸的严肃，匆匆地向村东头的场里走。

孩子们露着畏怯的神情，静静地一步一步地向场里的人簇偎去。

在场里躺着李圈住的尸首，人们把他围了一个圈子。刚露头的太阳发出血红的光芒，透过了人缝照着死者的尸首。

死者长久没剃的头发像一窝乱麻似的蓬卷着，长着络腮胡子的脸因为过于痛苦而歪扭得非常难看。像死鱼般的两眼向上白瞪着，眼角里冻结着珍珠似的两颗非常晶莹的泪珠，在红色的阳光里闪耀着刺目的光芒。更因满头满脸都凝结着一层浓重的严霜，令人感到异样的恐怖与悲哀……

他的右手抬得和右耳一般高，像是要把压在他身上的那扇破门板推开。但是，那扇破门板紧紧地抵着他的下巴。人们都猜想着这一定是他一时换不过气来，被门板给压死了。

正在大家莫名其妙的时候，一个绰号叫"大虚"的老头子映着细小的黄眼睛，瘦长的下巴上，稀疏的羊胡子不自已地颤动着，用老年人独有的感伤的腔调，一面走进来，一面叹息着说："翻过来，翻过来，你到底没有翻过来呵！"

本来人们对大虚老头子的话都不爱听的，因为他总是有一说十，绰风就是雨，现在大家听他话里有话，都一齐对他尊重起来了。

他呢，并不像往常一样——一看见人们注意听他的话了，就满口喷白沫，比手画脚地说起来。他没有这样做，只是把清水鼻涕一把连一把地甩着。

"到底是怎么了呢，大虚叔？"人群里一个年轻小伙子着急地问了。

他又甩了一把鼻涕，才叹息着向围着他的人们说起来："半夜里，我正睡得模模糊糊的，忽然听见东面这场里，'乓'响了一下子，我想：'可不要是日本鬼子来包围村子了吧？'我就急忙地起来，向院里走，刚走到院里，又听见'乓'的一声，这回听得清楚些了，不是枪响，像是谁在那里伐树，树倒下来的声音。可是，我又一想，半夜三更的，也不会有人在那伐树呀？我就爬到俺家的东墙口上，向这场里望了。

"月亮白白的，模模糊糊地只望见一个人影子，把他脸前平放着的一块门板掀起来，像下命令一样吆喝着：'翻过来！'

"接着，就把门板向前一推，'乓'的一下子就把门板翻过去了。接着，又照样喊、照样翻起来。

"我听听那吆喝的声音是前门李圈住的声音，可是李圈住不是疯了，被他家的人关在一所小房子里吗？怎么会到这来呢？

"他把那扇门板从场南头翻到场北头，又从场北头翻到场南头。每翻一回，他都要喊一声'翻过来！'，一直翻了好几趟了。有一回，他刚掀起了门板，刚喊了一声'翻过来！'，我正耸起两个肩膀头，想着又是怕人的刺耳的响了，谁知道门板没向前倒，倒向他身上倒下去了，一倒下去，就连一动也没动。我想：'不要是给门板压死了吧？'本来我想走过去看看的，心里一起了这个念头，立时就觉得月亮白得可怕，黑影里仿佛有无数鬼似的。我就三脚两步赶紧跑回屋去，钻进被窝里，连气也不敢大声出了……"

人们对大虚老头子讲的话本来都不相信的，这一回人们可都信以为真了，因为看李圈住近一个多月来疯的情形，的确有死的可能。

李圈住家里几辈子就只有五亩三分地。这块地的地身像一条带子一样又窄又长，还是李圈住的爷那时候，他给人家做了一辈子的长工，受了一辈子苦，省吃俭用，苦苦地挣下了一些钱，才买下了这几亩地。可是刚买下来，手里花得空落落的，地面儿上却闹起了人灾，老两口子接连死去了。

一地黄亮亮的好麦子眼看就要割了，可是李圈住他爹没钱殡埋自己的爹娘，不得不忍痛把它当出去。

知道自己的爹娘挣来得不容易，李圈住他爹死做活做，不分白天黑夜地咬牙苦干，到底把这块地回过来。事情偏偏不凑巧，就是这一年秋天，沙河发大水，一水把什么都冲光了，冲得满地看不到一根庄稼粮棵。一家人张嘴等养活，人是不能喝西北风活着的呵！李圈住他爹一个人蹲在这块地的地头上，好叹息了一场，才又咬咬牙，噙泪把这块地当出去。

一直到李圈住生下来的这一年，才算是又把它回过来。因此，李圈住他爹就给他起了个名字叫"圈住"，希望这块地从此永远被圈住，再也不能跑了。

自从李圈住懂事以后，这块地可也真像被圈住了，再也没有当出去过。谁知道敌人在这一带挖封锁沟了，用刺刀逼来了黑压压的一大群人。四乡八村的男人女人几乎都被赶来了，在敌人凶蛮的打骂下含着无限的愤恨挖着；小孩子们被母亲们抛掷在沟旁冻冰冰的冷地上悲惨地哭叫着；大人们因为流了过多的苦泪，北风一吹，许多人的脸都冻裂出血渍来了。

李圈住当时是没心去管这些的，只是想着封锁沟和自己的地块顺口，也许侥幸错过去。谁知道封锁沟偏偏从这块地上挖过去，挖得一丝一条也不剩，李圈住一下子变成哑巴了，再也听不到他说一句话，听不到他哼唧一声了，整天木瓜似的僵着脸，一天比一天黄瘦下去了。

后来，人们忽然发现他每天黄昏以后都独个悄悄地跑到封锁沟旁边他那块地边上，孤独地蹲在那里，低声地自言自语地说："我这是活着哪？还是死了呢？我是活着哪？还是死了呢？……"

不久，沟边上的堡垒都修好了，他家的人恐怕他再去会被敌人打死，无论怎样也不让他再去了。他却打着骂着，拼命地不依。他家的人没法，只好把他关进一所空房子里去。头两天他还不停地号叫着，打门，踢门，拿头撞门，过了两天，他一下子平静下来了。人们以为他这阵疯气过去了，他家的人也就防备得松了，谁知道早晨起来一看，房门大开着，人也不见了，还摘跑了一扇门板。家里人正惊慌着呢，有人跑去说，他被门板压死在村东头的场里了。

晌午的时候，李圈住的尸首就已经被装殓好了，只是他的老婆子怎样也不让埋，非等李通回来不埋。

本来早晨就派人去叫李通了，可是，日头已经偏西了，还不见有人回来。一直到天快黄昏了，李通才回来了。武装宣传队也跟他一齐开到这村子里来。

全村的人立时都紧张起来了，都想着："不知道李通要怎样难受呢！"

李通走进村子里没和一个人打招呼，人们也都想着大概他太难受了，谁也不好怎样去招呼他。只是望见他紧紧地皱着两道浓墨似的眉头，狠狠地咬着嘴唇，右手握着插在腰里的驳壳枪，就这样急急地走回家里去。

他娘一见他回来了就放声大哭起来，诉说着他爹死得多惨……

他一声没作地坐在棺材的旁边，让哀痛的热泪□和着哀痛的回忆，一起涌流出来……

老头儿活着的时候，每年冬天，都不等鸡叫第二遍就起来了，先背一个粪筐子在村里转一圈，把猪和人们在夜里拉的粪都拾一拾，背回来倒在粪坑里；然后再挑起两罐子尿到地里去一垄一垄浇麦子，往往把粗老的手指都冻破了，他却从来没有停止过一天，就是刮大风、下大雪的天气，谁也劝阻不了他。

忙天，他在地里干营生回来，从来不洗脸也不洗手，就拿起窝窝来吃。人们看见他手上有很多土粘在窝窝上，被他一起吃下去了，告他说叫他洗洗，他不但不洗，反而很不以为然地说："庄稼主全靠土地来养活的呵！吃点儿土怕什么？……"

一切哀痛的回忆、一切悲苦的往事，催出了他悲愤的卤汁似的涩酸的泪，沿着军人的刚强的脸颊一滴一滴地落在故乡的土地上了……

故乡呵，正悲惨地挣扎在敌人横暴的蹂躏下，耕种过多少年的土地挖毁了！那里再也见不到金黄的闪光的麦浪，那里再也见不到火红的鲜艳的高粱了呵！……

于是，仇恨的火焰闪烁在军人的眼里，泪渐渐地被怒火烧干了。

在出殡的时候，村人们跟着灵柩一起向村边的墓地走去，都暗暗地奇怪着："为什么李通只是紧咬着嘴唇，把泪珠含在眼里，不号哭一声呢？难道老头子死得还不够惨吗？"

当棺材放在墓坑旁边的时候，李通左手扶着棺材，低沉而伤痛地向大家凝视着讲了："乡亲们！大家想一想，是谁把我爹害死了呢？……是谁把咱们庄的地，四股挖去了一股呢？……是谁把和我一般大的兄弟们拉走了十几个，到现在还不知道死活去向呢？……是谁把咱们一把血一把汗打来的粮食都抢光了呢？……咱们村里原来有三十三头牲口，为什么现在只剩了一匹瘦马、两头老牛了呢？……"

他每问一句，都要顿一下。起初人们在叹息着，接着吸鼻涕的声音响起来了，一种积压下来的忧伤和悲痛一下翻滚起来了。老人们都想起了自己亲爱的儿子——听话的黑小、勤快的铁拴子、狗妮子和……苍白的女人们都想起了自己亲爱的丈夫——总是笑眯眯的发亮、宽肩膀的长春、什么时候也不打人的永年……人们还想起了自己的青花马、从不抵人的黄牛和辛辛苦苦打来的粮食……一种极悲凉的惨伤的呜咽在人群里沸荡起来了。一个被抢得现在就没吃的老婆婆一屁股坐下去，和李通的娘一齐□哭起来了……

黄昏的旷野上飘荡着低泣的冷风，飘荡着苍凉而惨伤的呜咽……绵延在平原四面的苍郁的陡峻的大山，非常愤怒地板起了钢铁似的脸，俯视着那蜿蜒的封锁沟和沟边冷清清的灰色的堡垒。傍晚的烟霭在遥远的天边扯起了苍茫的紫褐色的□带。□□的□裂的大地赤裸着，□□怎样凄凉的愁颜呵！……

"翻过来！"突然李通暴怒□狂人似的喊起来了，钢蓝的驳壳枪带着抖烫的火焰似的红缨绳，一下子挥起在他的头顶上。

"会打□的呵！"人们一下子被扫去了哀愁和□□，□□人的眼光都紧紧地仰视着这闪耀的□□的驳壳枪，听这个刚强的军人愤怒地喊着："一定要翻过来！不是我们死，是日本鬼子死！"

"不是我们死，是日本鬼子死！"切身的仇恨燃烧着每一个人，人们一齐惊天动地地吼起来，轰然应和着。

一向严肃地立在棺材后边的战士们紧握着实弹的枪，两眼尖锐地仇视着远远的天边的堡垒，蓦地暴风似的旋卷起来震撼的喊声：

"平掉日本鬼子的封锁沟！"

"夺回我们的土地！"

"夺回我们的亲人！"

"夺回我们的粮食!"

……………

强烈的军人们的呼喊激起了人们更强烈的仇恨,人们都像害热病一样地全身战抖着,一齐举起了紧握的拳头,狂怒地喊叫起来。

大虚老头子忘记了甩鼻涕,任它顺着胡子往下滴,只是随着人们一起把瘦棱棱的拳头往上挥。

两个号哭的老婆婆也站了起来,带着满眼的泪花子,困难地喘着,和大家一齐喊起来。

农民的悲壮的复仇的狂叫飘过了受难的故乡的原野。原野上黑暗的夜色越来越浓厚了,深蓝色的天空里跃起了无数光芒四射的红星……

棺材在号哭和呜咽里下墓了。人们用铁锹用手抛掷着土块,一座巍峨的新坟不屈地屹立在封锁沟的边沿上。死者悲惨地埋在坟墓里了,仇恨和悲痛永远烙炙着活人的心呵!……

每当人们望见了这座屹立的坟墓,就像听见了一个巨人暴雷似的怒吼着:"翻过来!"

于是,仇恨烧红了被迫害着的农民们的眼睛,在华北辽阔的原野上泛滥着艰苦的拼死活的斗争!……

一、一八日夕——五四晨

(《晋察冀日报》1943年5月20日、5月26日、5月27日连载)

狼牙山的儿女

魏巍

狼牙山的儿女——它的子弟兵和人民正如狼牙山一样：又顽强，又美丽。

他们在一起亲密地生活。

这次敌寇"扫荡"前，他们正度着艰苦战斗的日子。子弟兵每天到山外去填沟、拆堡垒、打击敌人与进行政治攻势；人民一天到晚纺花、织布、到山上挖药；有的人不够吃了，子弟兵就把粮食拿出来。

敌寇企图来毁灭他们，就于五月十八日以三千五百余名寇兵，分六路向我狼牙山地区发动突然的"扫荡"。完县之敌八百余名经柴各庄、岭西到誉头，满城与大王店之敌六百余名分三路会兵松山，塘湖之敌千余名经步乐到南北楼山，金坡之敌六百余名经田岗、台底至乌马驿到杨家庄，将我魏峨之狼牙山团团围住。血与火开始笼罩纵横五十余里的狼牙山地区。虽然暴敌在我子弟兵团与民兵地雷战的打击之下，不得不于四日后被迫仓皇败退，但仅在此四日中，敌寇即造下了弥天大罪，为狼牙山的儿女们所痛恨无穷。

此次受灾共七十余村，被烧房屋共七千余间，敌寇甚至将子弟兵节省下的发给群众的救灾粮也给抢走，将老百姓剩下的一两把糠皮也烧成灰。烧毁的农具、家具不计其数。在偏僻的山沟里也到处是一滩一滩的血和一堆一堆的灰。这是逃到山里人民的衣物，是除了被抢走的之外所遗下的标志。特别以南北楼山、松山、团山，以东至步乐等数十村为最惨，已为一片瓦砾场，狼牙山之三烈士碑也被炸毁。敌人抢吃了猪五百九十三头、鸡三千九百四十只，抢走了的牲口有五百头以上。特别是对我人民的屠杀，更加暴露了死亡前法西斯的野蛮实质：杀死了我亲爱同胞共三百余名，其中大部是手无寸铁的老人、妇女与儿童，至今伤而未死者二百余名。计大批的残杀，有菜园沟的大残杀，挑死我妇女儿童三十余名；北淇村的血井惨案，以大石砸死我同胞四十余名；界安的大屠杀，将我被抓去之同胞集于一处，用刺刀刺死十九名外，余六十四名，列队以机关枪扫射而亡；南楼山的大残杀，一个地窖即捞出我同胞尸身二十余具和碾场的石碾一个，上面沾满了的脑子变成黑色；其他如北楼山北山的大屠杀、步乐北山的大屠杀、松山北山的大屠杀，残杀我同胞一百余名。在敌寇残杀中，敌寇表现了对我民族与我边区同胞极度的残酷与仇恨。在菜园沟敌寇挑死我三十余名妇女与幼儿时，每人都刺了十几刺刀，人已经被刺死了，还在狠命地刺着。有一个老人，敌人把他的脑子都砸得流了出来，但他的腿还在痛苦地抖动，敌寇又回去用石头狠狠地砸了几下，用石头把老年人的花红脑子搅了几搅说："看你这老家伙死不死？"于家庄一个十岁的儿童被敌寇追上刺了几十刺刀，当他负伤的母亲抱着他负伤的弟弟去埋葬他时，见他四肢已经残缺不全了，但他嘴里还咬着一块土块（可猜想孩子死前的痛楚啊）！山儿西的一个八九岁的小女孩，敌人把她扔进火里，她曾冲出来了三次，头发已经着火了，敌寇又把她扔进去，用一个大筐压住她，又用十几块劈柴压在上面，她呼喊不出了，但露在筐外的两只小腿还踢腾着，被活活地烧死。当敌寇捉住我们一个同胞的时候，不是一个人上前去打，而是二三十个人都争着上前去打，用枪口、用枪把、用刀鞘、用钢盔、用木棍、用劈柴、用石头，要一阵把他打死。北楼山的北山有一个寇兵用一根二尺多长的劈柴打一个五十多岁的妇女，把劈柴打得成了不足一尺长的红木柴，他还在打。在南楼山有我一个被俘的战士，敌寇先挖了他的眼，然后刺死。至于对我妇女同胞的淫辱，更令人悲愤无穷……在这些暴行中，丧尽天良的特务与某些伪军对待我同胞的残忍程度，与日寇一般无二！

人民对敌人的仇恨已提到了新的阶段。比如在从前，他们说："把这些强盗杀尽才好！"而今天他们却说："把他们杀尽也不解我们的心头之恨啊！"

不瞒读者，狼牙山的儿女是善于牢记仇恨与勇敢报复的儿女。在敌寇暴行之前，他们充满了火热的反抗意志与报复意志，表现着燕赵儿女慷慨悲歌、威武不屈的威严姿态：在松山有一个同胞，敌寇抓住他后，叫他带他们看地形，他即将敌寇带上地雷区，地雷当即爆炸，炸死敌寇指挥官一名、寇兵两名，他也光荣地负了伤。猫儿崖有一个同胞被敌寇捉住，敌寇毒打他，要他带领挖掘八路军"坚壁"的东西，他即将一寇兵带到自己的屋中，突然举起锄头将寇兵砍倒，正待要结果这个野兽的狗命时，后边的寇兵赶来援救，这个同胞就壮烈地牺牲了。北楼山妇女刘玉楼，当一伪军要强奸她时，她不从，伪军用枪刺她，她即将敌枪夺住，想夺过来杀死敌人，虽然头被刺破，但终未被奸污，而胜利地跑了回来。北淇村的刘老阳六十余岁，在敌寇刺他时，与敌拼搏，但终因两天未吃东西、气力不支被刺身死。我卫生处医生刘光耀同志在狼牙山突围时陷身敌手。敌人要他走，他厉声说："我死也死在这里！"最后从容就义，临死时还给伪军演说。东赵庄王洛保三十余岁，是一个和善的农民，被俘后，敌勒问"坚壁"公粮的地点，他死也不说，最后抓住一个特务就打，后因跑不及，自动投井而亡。西山南村青年李米贵被抓后，三十余个伪军用劈柴打他，勒问他公粮"坚壁"地点，他坚决不说，后问他西山南村干部的姓名，他也不说，敌即将其推倒，用大杠子将其颈子压住，两端立上两人，并将其裤带解开，将劈柴插到他裤裆中及腰际，纵火焚烧，腹以刺刀刺之，他屁股上的肉已被烧掉，最后敌将他投入地窖，又投以乱石，敌退后人们才把他救出，他始终未暴露我方消息……这是狼牙山儿女的坚强面貌。从这里你可以看到：晋察冀人民在战火中经受了伟大锻炼，晋察冀抗日根据地永远不能被摧毁。

特别是当我们的子弟兵听到敌寇对我人民的残杀时，仇恨的火焰在战斗里变成了一种特殊的勇敢与奋伟的力量。在岭西、台鱼、东峪、管头、狼山黄老院之西、楼山、山北沟，我子弟兵曾与敌展开激战，四天中共与敌作战三十四次，毙伤敌伪五百余名。我子弟兵为了更迅速地驱逐寇兵出境，某部曾连击管头一带之敌。在东峪的战斗中，我某部一个排在杀伤二百余寇兵后，一部冲出重围，大部壮烈牺牲，连长、政指及一个排长均在该次战斗中阵亡。排长孟广春同志在大部同志牺牲、自己也负了重伤后，将手枪藏在裤子里，临死前尚不闭目，等我们的同志见了他，他还能说话，只指指他的裤子，把他的手枪取出后，他才点点头，含着仇恨死去。为了给死难的同胞报仇，子弟兵不顾命地掩护群众、追击敌寇，我干部战士共伤亡一百余名。

我们的民兵游击小组在敌寇暴行下，也对敌斗争更加激烈。地雷战炸死与炸伤敌伪二百五十六名，击毙敌伪十七名，活捉敌伪十三名。在游击区活动之民兵也更加积极，共收割电线一千四百八十六斤。我们的爆炸能手李发同志在敌寇"扫荡"以前，他正赴××赶集，见敌人出发向我进攻，即赶忙把买的粮食寄藏起来，跑步回来报告，并马上带上地雷去炸敌人。他埋了五个，响了四个，在上下台当即将九名敌寇炸死，井手大佐也当即被炸毙命。除了指挥别人，李发同志每天背着地雷准备去埋。郭洁同志在敌寇进攻中装埋了四十余颗地雷，在松树驼炸死炸伤敌寇五名。敌寇退却时，不敢经过这爆炸英雄的家乡。郭洁同志说："妈的，他不来，我到半路去截他！"他截击敌人的后尾部队，又击毙敌寇三名。在他出外埋雷时，他家的人已经躲了，还有六十斤棒子未"坚壁"，邻人劝他"坚壁"，他说："敌人已经来了,埋地雷要紧呀!"在这种猛烈的地雷战中,敌寇感到极大的恐怖。杏树台敌寇触炸一个地雷后即马上宿营,不敢前进。走马驿敌寇退却时,不仅不敢走大路,小路也不敢走,只得在河里行军。敌寇在退却时异常狼狈恐慌。只四天,敌寇的"扫荡"即被粉碎。狼牙山的儿女是坚强的儿女,是在复杂的包围中善于获胜的儿女。子弟兵与民兵用了五百余名寇兵的鲜血祭奠了他们遇难的亲爱同胞。

反"扫荡"一胜利结束,子弟兵的医疗队就迅速出发了,在各地积极治疗。政治部派员到各处慰问狼牙山的儿女。子弟兵帮助人民盖新的房舍,已经动工。在杨司令员、李专员等各党、政、军诸首长及政治部救济灾民的号召之下,各地人民、政权及子弟兵热情地捐助。政权干部已经募集了粮食七百斤以上,达区政府拨款八万元、粮食一百二十石进行赈灾。在部队里规定了"爱民日",已经募集了一万元与五千多斤粮食,只某区队即捐了一千斤粮食与八百块钱,普遍地高度地表现着热烈的友情。在另一区队里,战士吴尚有把几年来积蓄的十块钱完全捐出,并且说:"救灾的事 只要有良心的人都愿意。"战士柴相兴、老炊事员许清海各捐了六个月的零用费,并且说:"我情愿六个月不抽烟。"通信员吴二妞与老理发员郭清云平常注意节约,找别人不穿的破鞋缝补着穿,把节省来的共六元六毛也一下捐出……在提出每天节省半斤小米的号召下,大家同声地说:"别说节省半斤,就是饿两天也行……"有的战士则说:"一天节省半斤,同样能吃饱了!"读者们,请你寻思,这话是含有何等深厚的友情!人民的心得到了光亮和温暖,二十六日至二十九日,各地举行了祝捷与追悼大会,大会上军民唱起誓死复仇的歌曲。

狼牙山的儿女——它的子弟兵和人民,被屠杀的埋在地里,而活着的更加勇壮威严地又挺立在狼牙山之上,像狼牙山一样这么坚强。他们的心增加了新的仇恨,他们更亲密了,他们将更勇敢更智慧地生活。反"扫荡"刚结束,我在北楼山就看见一个五十余岁的妇女很快地搬回她的织布机,又奏起了新的音节。在经过山儿西的路上,我看见了一个老太太坐在地里哭,而在她身边,一个被敌寇砍掉一只手的青年(他的血才干不久),用他剩下的一只手正在烈日下锄草呢。

晋察冀狼牙山的儿女,究竟是狼牙山的儿女啊!

狼牙山峰尖的勇士塔不见了,但他自己或者狼牙山的儿女们会知道他又建立在什么地方。

(《晋察冀日报》1943年6月16日)

老 吉 不 死！

慧因

老吉是粗直的农民，不会说逢迎话，总是人家和他打招呼，叫他老吉，问他什么便说什么，性格很纯朴、硬朗。我第一次见他，是在攻袭阳明堡的前夜，他从阳明堡回来，把那里的街巷、敌伪住宅，……全都弄得清清楚楚，上级很满意，他也很痛快，带着和他一样都是穿便衣的人到我们这里来休息——哪里能休息呢？他的后面跟了一大群人进来，问长问短，问他怎么进了阳明堡和里面的情形……

"你不怕伪军们看出你来？"

"咱就叫他看出来啦？"他过去当过区游击队长，伪军们追踪他，密探们追踪他，可是想在他身上打主意的狗腿们一个一个都被他收拾了。有几个伪军跑到他家去威胁，一见了他也只顾得拼命地逃。因此他的家虽然离敌据点不远，倒可以太平没事。他说："咱不怕，谁想和咱干，咱就收拾他！狗日的汉奸们敢？"

他的声名就这样响起来，敌人那里喊叫着："五千块悬赏，捉拿老吉。"可是，猫脖子上挂铃铛——谁敢呢？

意外的事情发生了。我们的老吉，七月七日在距阳明堡五里的白水村，被敌人包围牺牲了。他死也是顽强的！他最后给追踪他的野兽们勇猛的反扑，使他们震慑。

当五十余敌人将他熟睡的房子围定的时候，他沉着地向敌人投掷手榴弹：第一颗响了，和他在一起的××同志趁空跑出来；第二颗又响了，老吉想冲出去，刚一出头，看见四面站着层层的伪军和鬼子，不打枪，叫喊着捉活的，叫唤老吉出来投降。他看看自己还有最后一颗手榴弹，心里就坦然地笑了。他骂着："狗日的汉奸们来吧！让你们捉活的！来！"

外边的敌人听他说话了，都静肃起来，他的话完毕，没有一个敢去"捉活的"，只是嘘嘘地互相挤鼻子弄眼地挨时间。屋子里的老吉看这样子难逃了，想最后用话教训汉奸们一顿，但他是不善说话的，他的脑子里在一闪一闪地想着最后的办法，外边汉奸们又听他叫喊了："狗日的汉奸们，想捉活老吉不能了，让你们看！"接着"轰"的一声，老吉光荣地自裁了。

老吉个人是牺牲了，但还有无数的"老吉"在活着，他可以让游击区无数的活"老吉"替他报仇呵！

（《晋察冀日报》1943年8月18日，《子弟兵》副刊第82期）

张二仲和客人

白翔林

一个不大宽敞的房间,住着两个陌生客人,他们是新从敌人魔掌下的北平逃出来的。西装革履、年纪稍长一点儿的坐在凳子上。理发员张二仲一面给他理发,一面说:"先生们包涵了,手艺不好,又没好家具,迁就吧,没北平理发馆理得好!"

"可以!可以!"年长的客人谦逊地回答着。那个青年站在旁边不言语,不断地抚摸着新理过的长发,注视着理发员理发的动作。

缄默中发理完了,张二仲一面收拾理发器具,一面说:"你们二位坐吧,我走了!"

"慢走!"那位客人放下照面的小镜子,从皮夹里拿出五元钱的钞票递给理发员。

张二仲赶紧摆手说:"不要钱,是干革命工作,不讲赚钱!"说完提着包袱向外走。但是,门被那位青年客人拦住了:"不要不行,我们不过意,留你买根烟抽!"把钱硬向手里塞。

"不行,不行!上级不允许,干的是革命工作,不讲赚钱!"张二仲着急地推辞着。

"嫌少吗?你不留下就是嫌少,我们就磨不开了!"

"不是嫌少,哪里能嫌少!……"反复地说着这句话,张二仲感觉没适当的话来说了。局促不安地站在那里,客人把钱塞在他手里。

没法了,把钱握到手里,向客人道声谢,张二仲匆匆忙忙地走出房间来。

"干革命工作的不讲赚钱,不要,强给,真……"被五块钱闹得莫名其妙的张二仲一头撞见副官:"副官,我正要找你去,我给北平来的那两位客人理发，他们一定给钱，不要不放我走，你把钱给他们送回去吧！"

副官笑了，拍着张二仲的肩，说："好青年，真进步，知道政治影响比钱重要得多，好，我给送回去！"副官拿着钞票笑眯眯地向着客人的房间走去了。

当副官把钱交还客人，说明八路军中的理发员也是干革命工作的、是不要钱的时候，两位客人愕然了。他们奇怪着：八路军里的理发员为什么比自己懂的道理还多呢？

(《晋察冀日报》1943年8月31日，《子弟兵》副刊第83期)

胜利的酒筵

石基

南白沙堡垒修在石家庄西北四十五里平山、井陉、获鹿的三角地带，驻守着获鹿伪保安队四中队的一个班。他们西面借着井陉伪保安队驻守的牛山堡垒，东面依靠着李村驻的伪四中队部，大封锁沟汽路从堡垒底下交叉过去。这座堡垒只有一点儿小小的兵力，却控制了左边十来个村子和通往石家庄的必经之道。老百姓遭它的灾害已经是不可估计了，来往行人受它的剥夺，也成了一种"制度"。

人们要去赶集或推上车子去大沟那面种地，都成了这些伪军们发财的机会。他不管你等着粮下锅、地里多么紧的营生，必须丢下"买路钱"，才让你过去。一辆小车五元，一辆大车十元（伪钞），过一个空手人至少也得丢下三块两块。

人们绕着走吧，伪军会瞄你几枪，说不定就会放倒你。这样伪军们还不满足，时时刻刻盘算等着做买卖的商人。商人有钱有货，一过就得凭货丢钱，见货抽头子（留下一些货）。如此财物双得，伪军们满意得就可大大地喝一壶、痛痛快快地赌一场了。

九月初头一个夜旦，我们两个游击组员接近到堡垒跟前，清清楚楚地听到里面的对话。一个伪军说："今天好容易等到几个买卖人，弄到几块钱，败他娘的兴，一下输了个精光。"另外一个伪军说："他妈的明天装成老百姓劫道，等到一个就得大大地拧他一下。"狗子断不了吃屎，游击组员们下定决心，要让这几条饿狗给他一次好吃难消化的饱餐！

九月十五日起晌，沿着李村通堡垒的大沟，出来了四个人。游击组员二××、谷××、侯××提着一大瓶子烧酒、二斤生猪肉、二斤熟猪肉，十足的买卖人模样。××穿着一身伪警察衣服跟在后面，直堂堂地到堡垒底下了。

"喂！我是县警察所的，他们今天晚上要走点儿货，特地来请请大家，看我的面子，不要为难他们，弟兄们下来喝喝，认识认识。"伪军们哪想到这么幸运的事情，四个伪军挤着从堡垒上下来接过酒肉，就在伙房里炒起来。二××掏出了娃娃牌香烟洒洒落落地递过去。穿伪警察衣服的游击组员上了堡垒，和伪军班长拍搭起来了。下面一桌酒筵刚摆好，伪军们等得快流出馋涎的时候，我们的战斗发起了。

从南白沙村西两条大枪和几个徒手的冲锋队员箭似的冲出来了，堡垒顶上站岗的伪军直叫着"快上来，快上来，八路军冲来了"，下面摆酒筵的伪军扭身就向堡垒上爬，"不要上！"三个商人三支短枪向着伪军的胸脯，穿伪警察衣服的××听站岗的一喊，他钻上去一把夺过了大枪，"嚷！摔你下去！"伪军班长急着向李村打电话，××抓着他从二层堡垒上摔了下来。预先散布在汽路上割草的游击队员，这时也连喊带叫地冲进来了八九个，布满了堡垒上下。游击组员二××徒手冲上去缴了四条枪，区治安员缴了一条枪。连发起冲锋到战斗结束不到三分钟，六条大枪、五百八十二个手榴弹、三百多发子弹、一座电话机、八个俘虏和那一桌摆好的酒筵，全带上走了。我们走到离堡垒一里多地的北花庄，二百多个敌人赶到时，烈火已经从堡垒的枪眼里冒了出来。

(《晋察冀日报》1944年10月31日)

小李偷了敌五支枪

关进生

小李才十六岁,两个月前被敌人从村中要去当差:买东西,扫房子。

一天,敌人要打一个民夫。小李觉着老乡无缘无故要挨打,忍不下去,就劝阻了。结果敌人迁怒小李,说他"通八路"。棍棒就常打在小李头上来。

六月九日,小李拿定主意:中国儿童决不受鬼子欺侮。正当敌人和四个伪警酣睡时,小李背上五支大枪、一百二十发子弹,挂上两把崭新的刺刀,跑回自己的家乡定唐县,把枪交给了政府。

敌人醒来,一见没了枪,知道不妙。四个伪警逃跑了,鬼子却未跑脱,被车站敌人抓到王京囚禁起来。

(《晋察冀日报》1945年7月14日)

枪

□宇

三有老早就听说八路是最会打鬼子的。他四叔拴成跟着八路打过几次仗，当了民兵英雄，八路奖给他一支带着三棱黑刺刀的"大盖"，他当作无价之宝一样地珍爱着，一有空闲，就和邻家的小六子练习刺枪、瞄准、击发。拴成叔叔在众人面前，把他这个光荣的奖品不知夸耀过多少次。

"这支枪真听话，一打起仗来，它像长了眼睛一样，可会找目标啦！它吃了好几个鬼子的肉！"

小六子的那支枪可不成啊！本地造，枪把子断了，用铁片钉起来的，没有刺刀，刺枪时又不敢用力，打起仗来"哗剥哗剥"的，像放潮了的爆竹，还常常卡壳。

拴成叔叔要去赶集了，把枪包在夹袄里，填在后院蜂窝旁边的柴草垛里，藏好了，伸着脖子向四围望了一下，看看没有人，才大步地跑了出来，一出角门，就一把拉住了刚想逃走的三有。

"捣蛋鬼，可不敢出去乱说！说了要你的命！"叔叔板起面孔，严厉地警告他。

"啊！"三有服服帖帖地答应着。

叔叔出去了，三有想："不叫我告诉别人，能行，可得让我看看！"

三有溜出大门，偷偷地跟在叔叔背后，一直跟到村口。看着叔叔和小六子确实走了，他才回到后院来，把几个秫秸捆竖起来，搭成一个三角棚，把枪拿出来，钻到棚子里，把包在外面的袄子解开，从刺刀准星一直看到托板，摸摸这，又动动那，枪栓表尺都拉开看了，就是刺刀搬不起，怎么用力也不行。这可怪哩！怎么往日叔叔顺手一摸它就跳起来了？

三有比被妈妈带着住外婆家还高兴，他把枪栓一下拉到底，闭起左眼，把枪口朝着光亮，用右眼一看枪膛，里面有几条凹凹的线圈圈。三有不知道这是什么，也不知道有什么用。

"该放进去了！"三有轻轻地叨念着，用力推栓，可是无论怎么用力也推不进去，他心里又急又慌，弄得满身大汗。后来，用两腿把枪夹起，两手按住弹簧，用胸脯把栓一顶，这才上上了。

"我也非弄一支好枪不可！"把枪放好，三有扛起斧头，砍柴去了。

要弄枪，就得打仗，叔叔不准他去，这可怎么办？

他就天天盼望八路军。

在五月里的一个炎热的中午，三有正提着小筐在树林里摘桑葚，看到远方的麦田中出现了一条弯曲的灰黑的队伍，像一股水流穿过了麦田，穿过了桑林、菜园，又穿过了桑林、麦田，离他不远了。

"呀！八路来了！"从道那边的菜园里传来了一声快乐的呼叫，三有听出那是王柱的声音。

队伍来到了村边，有骡子、有马，都驮着东西。当兵的都是年轻的小伙子，也有像三有这样的娃娃，嘴里哼着好听的小曲，打着绑腿，扎着皮带，背着背包、水壶。

队伍在村边的桑树林下停下来休息。

三有像兔子一样机敏地从桑林里跳出来，坐在林边的司号员看到了他。

"小鬼，过来给我看看提的什么？"司号员招呼他。

"桑葚，吃吧。"筐子放在司号员的怀里，司号员吃着桑葚，三有摸着司号员饰着红绸的发亮的铜号，不敢说话。

司号员吃完了一把桑葚，把筐子递给三有，握着他的手，问东问西的。

"八路里也有小孩儿吗？"三有指着营部的勤务员这样问，两颊泛出了羞怯的红晕。

"有吗？多哩！他们和大人一样行军，一样打仗，快快活活的，可好啦！"

"像我这样大——要不要？"三有壮起胆子问。

"要嘛，只要你能吃得下苦，你十几岁？"

"十——五岁。"

"不像！"司号员指着营部的勤务员说："他也十五，你看比你高多少！"

"不骗你，是十五，生日子！"三有鼓着两颊，郑重地说。

司号员报告给指导员，三有参加了八路了。

队伍在他们村里休息了一个钟头，喝了开水，吃了干粮，又出发了。

三有离了家，一点儿也不想家，行军、学习、打水、打饭，什么都不落后。

换上军装，戴了军帽，佩上臂章、符号，打起绑腿，三有俨然是一个英勇威武的小八路了。

"就是少一支枪！"他想起了枪，就叹息着，摇摇头。他和通讯员一起住，看到通讯员的枪，他就眼红，可是人家的枪都随身带着，不准动。他去找指导员了。

"指导员，也发给我一支枪吧！"

"你是勤务员，不打仗，又不送信，要枪干什么？"指导员拍着他的两肩，亲切地对他说。

"也能打仗啊！有了枪，我也当通讯员去！"

"好！等着吧，以后缴了枪来，报告营长发给你一支。"

打了一次伪军，得来棉布、茶叶、丝和几十支长枪短枪，能用的枪都发给了才入伍的战士，剩了一支三八盒子，打不响，没人要。

"给三有吧！"指导员向营长建议。

"打不响给他干什么！"但营长想了想又说，"先叫他背着也可以。"

指挥员把枪交给了三有，三有兴奋得饭都吃不下去，一直擦了大半天，把表尺、准星，都擦得亮亮的，把打草鞋剩下来的红绒绳合起来当作枪带，挂在背后。

"嚄！三有武装起来了！"

"当了指挥员了吧？还是短枪哩！"

"准星放光啦，还有眼睛呢！"

"好看就是打不响！"

"打响了也没子弹啊！"

伙夫和通讯员们见了三有就开起玩笑来。三有起初听还高兴，后来就有些恼怒了，轻声回骂着。

"回到根据地，把枪修好，再活动几发子弹！"三有想。

中秋节那天，部队回到了根据地。

放了假，大家都忙着洗衣服、做饭。三有请了假，到修械所去。

"小鬼回来啦？"这是修械所的二班长，原先是在他们营里的。

"回来啦！"

"怎么样？没有叫鬼子抓去？"

"抓去，你说得容易，还缴了他的枪哩！"三有拍拍背后说。

"嚄！好厉害，过来给我看看。"

二班长把他拉在怀里，三有把枪托起来，对他说："正好，今天放假，你没事，给我修修枪吧！"

"不行！"

"怎么不行？咱们还是老乡嘛！"

"老乡也不行啊，人家都休息，老乡不休息？"

"还是修修吧，修好了我请你——谢谢你。"

"用什么谢？"

"你说。"

"听说你草鞋打得很好，送我一双草鞋吧！"

"只要修好了，莫说一双，两双都行。给你打双带花的！"

"这小鬼，嘴真巧，把枪给我！"

三有把枪摘下来，二班长卸开看了看。弹条软，撞针短了，打不上底火。"放下吧，过两天来拿。"

"这可怎么谢谢你，还要几发子弹呢！"三有说着，就摸进了二班长的挂包。

"没有！没有！"二班长忙来阻拦，三有已经收出来了四发子弹，身子向外一闪，一溜烟地跑掉了。

"别忘了带草鞋来！"二班长追出来高声喊。

三天后，落着小雨，冷冷的，三有披一件雨衣，请了假，提了草鞋，又到修械所去。

"调皮鬼把子弹还我！"二班长一见，就扭他的耳朵，

"快看看你的草鞋吧，花花的，多漂亮！"三有用右手去解脱耳朵的灾难，左手举起了草鞋。

"好，看在草鞋的面上，饶了你！"二班长松了手。

三有把枪拿过来，卸开，又装上，一扣扳机，响得很好。

"能打响了？"

"咱修的枪，那还有错，保险！"二班长自负地说。

"噢，我总是不大放心，这是一双草鞋换来的，我得试试。"

三有从挂包里取出一发子弹,这次二班长没有阻拦。三有刚往枪里装,被二班长一把抢过去:"拿来吧,叫我给你试。"

二班长走到院里,右手朝天一举,"啪"的一响,一粒子弹飞了出去。

三有乐得跳起来,背上枪,谢了二班长,回去了。

有了枪,三有特别威风。枪使他敢走夜路了,他的胆子比从前大了好几倍。黑夜里,他背上他的枪,到街上买东西,到三里地以外的村子里去请医生,他把枪端在手里,压上子弹,在嗓子里默默地哼着小曲,和走路的脚步和着拍调,可是得意!

没有木匣,也没有皮套,三有缝了一个布套,涂了铜油,上面用丝线绣了五角星。

部队又出发了。很久以来,三有就想当一个通讯员或是侦察员了,他心里想:"总得给枪找个出路。"

他向指导员提议,指导员还是说他年龄小,不答应。

已经是晚秋,田野里只剩下疏朗朗的一半块未收的庄稼了。三有被派到五里路以外的卫生所取菜,带了他的枪。

过了那片湿密的秋树林,道路转了弯,折向西北。在夕阳的辉照里,他看到有几片像拉着庄稼的大车一样的黄东西,在通到团部驻地的路上慢吞吞地移动着,像大车,可是看不到牲口,是什么?三有在心里疑问着,停下了。

他躲在一株大树后面,偏出头来,用右手遮住太阳,目不转睛地细瞅。啊!看出了,车大东西的后面还有一排灰黄的小点儿,也慢慢地移动着,一会儿并起,一会儿又分开。

"怕是鬼子吧!"三有心眼儿一动,他以前听营长说,鬼子的骑兵爱用伪装,前面的那个黄东西怕就是伪装。

三有一面想,一面从腰里解下盒子枪来。

"管他是不是，打两枪再说。"三有装上了子弹，"就是不是，也不算错误。"

"当！当！"两枪打出去了，一大群乌鸦从林间飞起。三有飞快地退到树林后面的坡下，定睛一看，前面的黄东西散开了，后面的小点点也拉成了一条线。

机关枪、迫击炮朝着树林打过来，像是在盛夏落了一阵急雨。

驻军也从三面打起枪来，构成了交叉火网，把鬼子关在中间，鬼子支不住，退了。

打破了敌人的偷袭，保障了部队的安全。

第二天晚点名时，三有的番号换了，上面写着"通讯员"三个字。

(《晋察冀日报》1945年10月1日)

信　号
——"记黑顺夫妇"之一

崔璇

日本兵占领霍村不久，就在村西马蹄形的大河湾上建筑起一座高耸的碉堡。站在碉堡顶上的瞭望哨，可以清楚地看到村中的各家院落和白洋淀苇地中的一切活动。日本兵怕八路军袭击，把村周围半里地以内的苇子割去，命令所有的船只都集中在这个河湾里，而且每只船上都钉上发下的号码牌。虽然霍村有公开的伪政权来支应敌人，但是，隐蔽得很好的村抗日政府及群众组织还是照常地活动与执行政府的一切抗日法令。

中秋节过后的一天，村中人起得格外地早。因为在头一天晚上，抗日村长黑顺接到驻在关城县政府的来信：要他注意敌情，负责保护县政府的安全。黑顺在当天黑夜就分配好通关城的节节哨。所以，没等到窗纸泛白，河湾上已有用篙撑船的声音，睡在枕上的村里人就会想到远处放哨的人已经动身了。

黑顺把当天村中的工作安排好，就光着脚向停船的河湾走去。村外白洋淀的大苇塘蒙在一片白茫茫的浓雾中。他要亲自去担任离村半里地的哨位，因为这块地方能够看清楚敌人的动作。他有着高大硕壮的身躯，披着一件在冷风中显得很单薄的蓝小褂，露出丛生在胸前的黑色毫毛。他对这冷空气似乎没有什么感觉，这是自小打鱼的青年人所养成的习惯。他指着一个长竹篙，右手提着镰刀，黑胖的圆脸上，在唇和两颊的周围，剃去的胡须发着青色。他长着两道墨染似的经常皱在一起的眉毛和略微向上斜的看人很严峻的眼睛。他走近碉堡院墙外，看见吊桥已放下来，看不出有出发的动作，只是从院中吹出强烈的炖肉味。黑顺对这敌人所掠夺食物的香味厌恶得几乎是痛苦地皱着眉。

在他身后十几步远，跟着他的女人大芝。她有着矮胖的身材，俊秀的白脸孔上长着细而弯的眉毛和两只懂事的双眼皮的灵活大眼睛。黑顺娶大芝，是在抗战后、在一次检阅男女自卫队时，黑顺要求媒人引给他看看，他认为满意才答应的。大芝娶过来又当了本村妇救会主任，在村人的眼目中，他们是一对好夫妇。这次黑顺派她到村西头和一个老女人放哨，她左手拖拉着没织好的席，右手腕上抱着刚满月的男孩子，虽然她累得满脸涨红，但眼睛中却充满愉快的神情。黑顺清楚地听到背后大芝的喘气声，但他始终没有停下脚来帮帮忙，这是青年丈夫在村人面前常持的态度。大芝老远就朝着坐在河湾柳树下编席的老女人喊："大婶子，你真早呀！我跟你做伴来了。"

"我的大芝呀！快来吧！"驼背的老女人抬起头回答，又和善地望着黑顺骂："黑顺，你这个小兔羔子，你快给我去接接大芝。"

"哼！他呀！"大芝声音中并没有真正的责备，她向老女人努嘴，做出讽刺的笑容。

黑顺没有接孩子，更没有回答，他对老女人装出责备他的面容，只在自己的眼睛和嘴角上做出让老人看见就会消气的顽皮表情。当他蹲到老人跟前时，脸部就变得很严肃，看看四下没有人，用极低的声音嘱咐："大婶子，你跟大芝可当心，这地方一时也不能空人呀！"

说完，他大步地走下斜坡，迅速地朝村外撑船，走过割光的苇地，就是连接的稻子地，再外边就是淀了。黑顺放哨的这块稻子地，位置在水沟旁边，是日本人去关城必经之路，黑顺要检查一下前边的岗哨，就飞快地向前撑。岸上肥大的稻穗子弯向地面，水边的小青蛙给长篙惊起，跳到稻丛中去。在天空雾气稀薄的地方露出了一小块块的蓝天。离黑顺哨位不到半里地的地方，他看见割稻子的大鼠，黑顺嘱咐他要留心信号；就又朝前走，也有半里路远，长江撒开网在那里打鱼，船尾挂着一块用来惊鱼的破犁铧，有情况时也当为信号来敲。黑顺便没有继续前进了，因为前边的哨已分配给别人去查了。黑顺对这些哨位投了满意的微笑，怀着准备好一切的愉快的心情，急向回划。水面上雾气已消了，只有给初升的阳光染成的淡红色的薄雾还浮动在半空。秋天的河水很澄清，可以看见水中菱角的梗叶。在他的船旁长满一片荷花和伸出水面的鸡头米；在破碎的大荷叶片上滚动着晶亮的水珠子。

　　黑顺和稻地主人王庚大爹立刻动起手来。这个地方不仅可以听见村中的声音，还可以透过明朗的阳光看见坐在地下穿白衫子的大芝。王庚大爹一边割着稻子，一边和他谈最近村中发生的事情。在一个月以前，敌人进行第二次征粮，村干部商量好，决定不缴，由村干部去硬抗。黑顺又担任为村副，他怕村长年老了，受不了刑，便先去了。这件事曾有村中许多人向他提过，要他顾全自己身体，不要为大家而伤及性命。他并没有将这些话放在心上，因此他害怕再听这类意见。尽管老头子要尽他的责任似的絮叨不休，可是，黑顺只无声地一股劲儿地割稻子，一边用眼睛扫望村中。很久，他才抬起头来，手中的镰刀按在一把稻子上，用他严肃的目光，扭过头对老头子说："大爹！如果我不挨打，咱们村里粮食能吃到大秋吗？"黑顺目光望着稻子说："能吃上这个吗？如果日本人朝我要多少，我就朝老百姓要多少，那么！你们大伙儿选我当村长有什么用呀！"

　　王庚大爹不再说什么，他坐在稻秸上抽烟，心中难过地望着黑顺。他认为黑顺的话是对的，黑顺自办公以来，不知受过多少次的打，使得全村对敌的负担减轻了许多。可是，他对自己所受过的痛苦从来没有露出丝毫的埋怨。老头子望着黑顺更加快地割起来，稻子像风扫似的接连不断地倒在他的脚下，汗顺着圆粗的脖子向背下流。草帽的阴影遮住他那酷似他爹的黑壮的颜面，老头子觉得黑顺和他爹割稻时一样的动作。王庚大爷一见黑顺就很自然地想到他的王虎。王虎是王庚大爷小时一块儿打鱼的好朋友，外号叫大蝎子，因帮助佃户和地主打官司，花尽家产，又坐了三年牢，抗战前一年病死在狱里了。他留下这牛劲脾气的儿子，自小他娘打死他都不掉一滴泪，常跟街面上的孩子打得头破血流。十六岁时，在鱼市卖鱼，为抱不平打过鱼经纪，所以人们叫他小蝎子。现在，刚到廿五岁，天天又和鬼子拼命，老头子想到这些，眼睛不由得潮湿起来。

"黑顺呀！"老头子发颤的声音使黑顺吃惊地扭过头来，老头子眼圈发红地说："你简直是你爹的一个影子。"

黑顺露出承认的笑容，他知道所指的影子不只是面貌，主要的是他爹耿直热心的性格。他脸上不由得流露出对爹的尊敬，带着以爹而自豪的神情说："大爷，我总算没有白做他的小子吧！"随后，他望望村中，他觉得应该压制自己一谈爹时那种特有的兴奋，同时他也害怕老头子关于爹的那种伤感的无止的叙说。他首先对老头子说："大爷，咱不提他了，咱可别耽误了正事啊！"

他们沉默地把视线集中到村中，一直割到正午，稻子地已空去大半。老头子坐在水边上咬着当午饭的干饽饽，因为提防鬼子正午出发，黑顺在这时更加注意。他听见碉堡院墙内吹起哨子不像开饭哨，这紧急发颤的哨音使黑顺蓦地站起，他向那边割稻子的大鼠打招呼，要他们注意。老头子也立即站起身，靠在树上。黑顺目不转睛地注视着村中，在老头子目力不及的地方，黑顺清楚地看到大芝站起来，摆出朝村外张望的姿势。"要出发了！"黑顺对老头子说，不由得紧张起来，他屏住鼻息来听，他看见从碉堡的吊桥上走过一排日本兵，奔着河湾走来，紧接听到大芝不慌不忙地拉长嗓子喊："小黑他爹，家来吃饭来呀！"

黑顺立刻脸部紧张地转回向那边割稻人，高声地答应："啊！听见了。"

他注意望着大鼠，大鼠紧转身，朝前边正打鱼的长江呼唤："黑顺哥，你说给我娘给我送饭来呀！"

淀里惊鱼的犁紧紧地敲了七下，黑顺脸上浮出坦然的微笑，因为他们所特定的午间的信号，鬼子是丝毫觉察不出来的。他知道锣声传到淀中，马上就宣传到关城，关城的县政府和老百姓就会转向村西的苇塘去躲藏。他兴奋地对站在他身旁的老头子说："看，比电话还快！"

黑顺立刻看出由河湾里向外撑出五只船，快得像燕飞似的。他大步地走回稻子地，弯腰挥动起镰刀，用手势暗示给老头子说："来！大爹割咱们的。"

他们斜眼看到五只船撑到了，船头冲击着水流，大的波纹吞没着岸边，船上一共有五十多个日本兵，都端着枪，日本小队长坐在第一只船上。撑船的五个村自卫队员像没瞧见老头子和黑顺似的，拼命地向前撑。黑顺心中很明白自卫队员对鬼子这种故意的假"顺从"，是为了获得敌人对本村的信任。敌人自占霍村以来，由于黑顺领导合法与非法斗争的胜利，从来没有发觉出霍村有通八路的嫌疑。今天，他看到他们急速地从黑顺地旁撑过，听到他们急促的喘息，像把吃奶的劲儿都拿出来似的那样用力地向前划，而鬼子却安然坐在船上，把他们当作牲口一样，总嫌不快，不时地用枪刺在背后催促，激起黑顺很大的愤恨。

"他妈个臭屁的！"黑顺用胜利者的眼光望着船骂。自敌人占领霍村以来，由于村中消息灵通，信号准确迅速，鬼子每次出来都是空手回来的，保卫了附近村庄和县政府的安全。这在黑顺和每个霍村人的脸上都增加上无限的光彩。今天，黑顺又看到山本领着鬼子那样匆忙而有信心地朝前走，不由得感到好笑，他望着船的后影大声地骂："王八蛋们！还有你的便宜占？"天已黄昏，村里人都故意走到街上来，大家都愿意看看日本兵扑空回来的那种神情。黑顺和大芝也走出家门，黑顺端着饭碗蹲在离河湾不远的地方。他们都看见日本兵疲倦而颓丧地抱着几只鹅从船上走下，跟在后边撑船的年轻人很有精神地朝黑顺挤眉弄眼。黑顺的眼睛从碗上露出胜利的笑容。日本兵自村人跟前走过时，街上的大人孩子都沉默地照常做自己的事。日本兵一走过，他们的眼睛很快地彼此接触，会意地交换着愉快的眼光。

(《晋察冀日报》1945 年 10 月 2 日)

粮秣主任

鹿特丹

民兵把敌人挡在村子外了，村子里进行着紧张的"坚壁"工作。粮秣主任宋珍把村公所存放的救国公粮找了一个十分稳妥的地方，"坚壁"好之后，又忙着去□□和帮助老乡们"坚壁"粮食。老乡们背着大大小小的麻袋，提着桶子，端着盆子，里面全是粮食。人们绝不肯让敌人拿走一颗粮食去。因此，有的连响午没有吃完的剩饭也用大碗盛着，在四处找地方埋藏起来。他们对于宋珍是那样地信任，凡是她说"好吧！就是这样，快埋起来"，没有一个人不是十分放心地照着她的话办的，人们嚷着："宋主任！宋主任！倒是"坚壁"在哪里好呀？"

她就忙着跑来跑去地给这个那个指示地方。

敌人在村外头吹了三次冲锋号，民兵们没有得到村里已经"坚壁"好的通知，仍是顽强地支持着。土制的手榴弹一下集中了几十个，每当敌人冲过来时，就一个接一个地扔过去，玻璃碴子、洋钉、旧铁片，四处乱溅。冲锋的敌人被打退了。

这样，从前响支持到后响，村里开始了转移。敌人吹起第四次冲锋号，民兵们也一下撤退了。只有少数老乡来不及走，还留在村子里。

宋珍整整忙累了一天，因为情况是一清早就得到的，她拖着病尚未全好的身体，把公家和老乡们的粮食统统"坚壁"好之后，实在吃不消了。当村长叫她转移时，她突然头昏眼黑起来，两腿软得再也走不动，一时又找不到担架，村长很着急地说："宋珍同志，来，我搀着你走，实在不行，背着你走吧！"

"不!"她说,"你们快走吧,不用连累了,我留在这里不要紧。这样多的粮食,老实说,我走了,还放不下心哩!"她坚决地谢绝了村长。

村长刚刚快步跑出了村子,敌人就打从村东头进来了。先是几个伪军在前面探索着,一步一迟疑,生怕中了埋伏或踩上地雷,像刚学会走路的小孩儿似的,战战兢兢地往前走着。

宋珍爬进了村公所旁边的一条小衢街,推开一家已经转移了的老乡家的门,进去躺在炕头上。

她本想爬回家去的。她娘平常总很少转移,这时也一定在家里。她的家距村公所还有四五百步远,又怕连累了她娘,娘老了,经不起毒打。一会儿,敌人那笨拙的皮靴声已经听得见了,沉重的枪托声在每家大门上击打着,一路响过来。

村里静得很,十家有九家是空的,除开粗重的木家具、石碾子之类,连个喝水用的碗都摸不上,伪军们都叽里咕噜地埋怨,"皇军"太胆小,打进来得太晚了,一点儿东西也捞不上。一路走着,一路骂着,把一排房子都打开了,除开在一家发现一个聋老婆子之外,再不见一个人影子。

鬼子还不死心,又窜进小衢街内搜查着。

三个伪军同着三个鬼子找到宋珍藏的地方,推开门进来了。宋珍轻声地哼着,她用灰土抹了一脸,头发揉得乱蓬蓬的,装着像一个正在害着大病的人。

"什么的干活?"鬼子一发现她,忙比着枪问。

"唉!"她呻吟了一声。

"太君!这是个病人。"一个伪军说。

"不管什么的,拉走!"鬼子嚷着,就去炕上抓住了宋珍的胳膊,一把拖下炕来。宋珍也不挣扎,就任他们带了走。

敌人在村公所扎下了，共逮住了五个人来拷问。

第一个是个老太婆，六十上下，她疯里疯气的样子，尽嚷着："你们别乱抓我的报更鸡呀！你们别乱抓我的报更鸡呀！"

伪军中队长狠狠瞪了她一眼，她就张于大口不说了，样子怪可怜，又实在可笑。

"推出去！"中队长喝着，"看你们把一个什么样的人也抓来了，从她口里还能掏出句正话呀！"

她被推了出去，一路嘀咕着走了。

第二个是十一二岁的女孩子，一看见敌人手里明晃晃的刺刀，她吓得直哭，"娘呀！娘呀！"地乱叫。

"说，小姑娘，你们村里还留下有村干部吗？"伪中队长问。

"不……不知道。"小姑娘说，"我要我娘，娘呀！娘呀！"她又哭叫起来。

鬼子小队长怕伪军中队长又放她走了，很快冒出来，装作是善意但却粗鲁地拍着她的肩膀，哇里哇啦地说着。

翻译赶紧凑过来对小姑娘说："太君问你，知道不知道粮食在什么地方？"

"不，不知道，我要我娘。"她还是哭叫着。

"这些人你认得吗？"翻译指着宋珍和别的两个人问。

"不知道……哇……"她更大声地哭了，"我要我娘！"

伪军中队长一步跨过去，打了她一个巨光，"哭，尽哭，尽哭，你给我滚远点儿去哭呀！"小姑娘就大声哭着跑出去了。

鬼子小队长看见又放走了一个，就不等伪中队长说话，先上去抓住那个蹲在地上、紧缩着头、三十岁上下的一个穿着长衫的人问。

"快说，你是什么的干活？"

那人吓得张大眼睛，看着小队长直哆嗦，唧唧唧地说不出话来。

"八格！不说！"小队长一皮靴踢过去，"打！"他命令背后的两个日本鬼子。

两个鬼子飞跑地把那人按在地上，不分上中下，就用皮鞭抽起来。

接着问到宋珍。

"哈！"小队长狞恶地看了看宋珍，喝道："粮食在哪里！……你的快说！"

宋珍沉默着，头却抬起来了，用坚定的眼光看着他。

"说，不说，打！"小队长凶狠狠地问，同时指了指旁边那个手里拿着鞭子的鬼子。

她向前挺了挺身子，还是沉默着。

"呀！"小队长叫了一声，夺过皮鞭来就朝她身上打去，她咬了咬牙，承住了。

"说的，不说，打！"小队长一边打，一边凶恶地问。

"不知道！"她说，声音洪亮而坚定。

"好！"小队长一下丢了鞭子，伸手抓住她的衣领，"扑哧"一声就撕开了。

"来！"他叫一个鬼子，"针来！"

那鬼子就从军用挂包里掏出来一把钢针，亮晶晶的，并且尖锐地响着。

"说！不说，扎！"小队长双手撑开她的胸脯，恶毒地问。

"扎吧，死也不知道！"她略微偏过头去，躲开鬼子正对着她的丑脸，"你们这些万恶的法西斯，不会好死的！"

小队长气极了，抢过一把针来就往她胸脯上扎去。

她本能地往后一让，小队长用力太猛，往前穿了一下，她趁这机会用力打了他一巴掌，打得他火星直冒。

"来!"小队长更发怒了,招呼了三个鬼子过来按住她,把钢针一颗一颗往她身上扎。鲜血立刻沿着针眼浸出来,很快地把她的胸脯染得像一张大红纸。

翻译走过来讨好地说:"大嫂子,说吧!说了少吃点儿苦。"

宋珍睐了他一眼,他不由得胆怯地后退了两步。

"没心肝的汉奸!"她骂他。

小队长把她没有法儿了,又从身上掏出火柴来,擦燃一根往她头发上点。一阵焦臭难闻的气息发出来,她被笼罩在灰青色的烟火中了。她摇摆着,想用手去扑灭它。三个鬼子却一手捏着鼻孔,一手死死按着她,让她的头发"嗤嗤嗤"地燃烧着。

"说!不说,吊起来!"小队长又嚷着,两个鬼子从身上解下来又粗又长的麻绳,"啪嗒"一声,丢在地上。

但她仍是坚决地摇了摇头。

"吊起来!"小队长吼着,两个鬼子就捆住了她的双脚。她已经有点儿昏迷了,一任他们把她倒吊到屋梁上去。

她只感到眼前一黑,身子在无边无际的空中,悠悠晃晃地觉得需要抓住件什么东西才行。她伸出双手抓了几抓,没有结果,就周身一软,软搭搭地失去知觉了。

伪军中队长一直没有说话,这时他走过去搬着宋珍的头看了看。

"死啦!"他和小队长说,"妇道人家经不起磨。"

"装死的!"小队长还不信,跑过去在头上又抽了一鞭子,看见她不动,才吩咐两个伪军:"放下,放下,拖出去!"

两个伪军把她解下来,架上抬了出去,在小衢街口轻轻放了下来。

天已经黑啦,鬼子不敢多待,怒气冲冲地走了。

夜里,凉风吹着,宋珍醒过来了。胸前痛得很,头上像火烧似的发热，她想转动一下，可是没这个劲儿，仍是平平地躺着望着天。

她想着，村里转移的人该回来了，她要见了村长当面告诉他，粮食没有出岔子。但四周静寂得很，听不见回来的人的脚步声。

她忽然想起要再看一次她娘，她怕自己活不了，她娘就只有她一个女儿哩！

于是，她拼命翻过身子，两手撑着地慢慢爬着。爬两步，又停了下来，手拐擦破了，她怕碰着扎烂了的胸脯，仍尽力用手支持着。

爬着……歇着……胸上疼得喘息也很难，不时要停下来舒一口气。终于，她到自家门前了。她还想用手去推门，手已经无论如何抬不起来了。她就只好躺在门跟前，□着、哼着，又歇了一阵，才竭力用背去抵着门扇，推了一下，又推一下。

她娘正在房子里，白天鬼子搜查的时候，她装聋子，鬼子也就没有拷问她。此时正在房子里念着她女儿，不知转移了没有；要是转移了，现在回来了没有。

等着，等着，她听见门响了，先是一下，接着又是一下，响得沉重而迟缓。她掌着灯开了门，轻声地问："谁？"

她往门外看，外面黑洞洞的，灯光又黄，她的眼睛又发花，什么也看不见了。

"娘！"宋珍听得门开了，以为她娘会看见她的，但老不见□手来扶、有声音来问，就小声地叫了。

"呵……"她娘吃惊了，听见是她女儿的声音，忙应着："二女，你回来了吗？"

她就走出门来，刚翻过门限，脚下绊着了一个人，忙弯下腰去，掌起灯一照，原来是她二女躺在那里。

她吓慌了，忙问："二女……你怎么啦？"

"娘，"她有气无力地说，"鬼子打我……我快死……死啦！……

娘！你告诉村长……粮食都在原地方……我没有说出来……告诉他，我没有违背众人对我的信托……我对得起党……"她又有点儿昏迷，渐渐说得含糊起来。

"二女，二女！"她娘叫着，"我给你喝点儿热汤，你歇歇……"她想□身进屋去。

"不！"宋珍又清醒了一点儿，"娘，我不行啦！……告诉村长……粮食都在原地方……"一阵难忍的疼痛，她痉挛了几下，昏过去了。

"二女！二女！……"她娘一边抱起她，一边唤着，"我一定告诉他们！我一定告诉他们！"

猛然一阵急剧的脚步声□沓杂沓地响起来，有一个声音很清晰地说："咱们的民兵真有种，到底又给鬼子一个伏击，打死了他十多个。"

转移的人们胜利地回来。这时宋珍同志已死去了。

（《晋察冀日报》1945 年 12 月 19 日）

母 亲

马加

太阳□过山嘴的时候,村里的人已经向荒山沟转移出去了。在挨近敞棚的一条茅草道上显得清冷而且零落。马兰草的黄叶子结着霜露,有的给马撕成碎片,有的给人的脚窝揉成了烂泥。有两颗结籽的马兰棒落在牛粪卷上。仿佛行人刚刚从这里经过不久,女人和小伙子的鞋印还留在路旁。荒山沟里哑然无声,只有枯枝上的核桃叶子在喊喊地零落着,零落在靛青色的小河沟上面。

早晨,自卫队传说着马家坨有了敌情。村里的老百姓"坚壁"了粮食,带着锅和碗筷,牵着牲口,由五个拿手榴弹的民兵掩护向山上转移。上了年纪的吴老娘刚一出村,就落后面了。她拖着两只沉坠坠的半吊子脚,站在敞棚前面的土埂上,喊着老远的小儿子。风堵住了她的嗓子,枯枝般的手梢在寒冷的空气中颤抖着,摇着尖下颚,又惶惶地向着前边走下去了。

她走到小河沟的旁边,鱼梁上滚着小浪花,青色的石头上露着马蹄印。在那里,她没有看到她的小儿子,却看到了一个躺在担架里的伤兵,两个抬担架的自卫队员在旁边挂着杠子,麻绳染上了伤兵绑腿上的红血,情形是怎样的凄惨啊!

"老乡,你们的中队长在家吗?"

来的人对着吴老娘摆着手,上气不接下气地问着,扯起腰间的布带子去擦头上的汗珠。

"他不在家。"吴老娘回答说。

"自卫队呢?"

"他们也爬上南山坡啊!"

吴老娘指点南山坡，人影混在乱苍石堆里，模糊不清了。

"难道村子里没有留下旁人吗？"自卫队员为了换担架，急得冒火了，用拳头打着大腿。

"你们去看一看吧！村子里是一干二净的。"

无怪自卫队员发脾气，情况是十分紧急的，伤兵又是过多流了血，脸是蜡白色，皮包骨的下巴打着哆嗦，膝盖□得像秤钩，粗黄布军装戳了个窟窿。吴老娘眼巴巴地看着伤兵痛苦的样子，想起了自己的小儿子，心灵轻轻地悸动了一下。

远远的山岗上响起了一声枪，一群乌鸦从亚麻色的苍林里飞了出来，上下打旋。乳白的雾片被穿得七零八落，如同玻璃的碎片。

一个青脸的自卫队员望了望天空，心慌意乱地绕着担架打转，跺着脚。

"倒霉，到处碰到鬼子，真是冤家路窄呵！"

"往前面碰碰运气吧！"另一个自卫队员开腔了，嗓子有些沙哑。

吴老娘摇一摇头，告诉他们说："那可不沾呵！鬼子……"

两个自卫队踌躇起来了，一个摸着被杆子压得酸酸的肩头，一个翘着打了血泡的脚趾尖，脸望着脸，眉毛阴沉得没有露出一线缝。沉默了一会儿，青脸的男人绕了一个圈子，没有劲儿地自言自语地说："有个好歹！连我们自己的死活也顾不上呵！"

另一个瞧着伤兵的灰眼珠子，却没有搭腔。

这是临到了性命攸关的时候。伤兵撩起了眼皮，注视了两个自卫队员以后，又把视线投到吴老娘的身上，视线里带着恳请和求援，那是怎样亲切的注视呵！吴老娘心软下来了，脱口讲了一句："同志的伤沉重呵！"

"现在大家死活都顾不上了。"

一个自卫队员讲完，另一个自卫队员悄悄地说："找个地方藏下就好了。"

"那么就抬到我的家里去吧!"

吴老娘答应了,对着伤兵点了点头。她转回身子,领着自卫队员向村庄里走去,在路上不断自言自语地说:"水帮鱼,鱼帮水,没有老百姓,也没有八路军呵!"

吴老娘把伤兵安置在屋里的土炕上,从地窖里找出一床蓝花褥子,铺上了麦秸,放了一只枕头,扶着伤兵轻轻地躺下。伤兵头上的青筋在脉脉地跳动着,咬着牙齿,痛苦地哼叫着。她扯下了一条褥里布,伸手去裹伤兵的伤口。伤兵的腿肚子抽起了一层鸡皮疙瘩,她捺住他发抖的手腕,使他平静下来,劝慰他说:"同志,不要怕,有我在这里呀!"过了一会儿,他昏昏地合上了眼皮,于是她跑到外边去探听情况。

她踏上了风车的破木板,拨开墙上的枣树棵子,张望着空洞洞的房子、走道、玉茭地、山岗、苍林,统统都鸦雀无声,只有弯曲的小河沟在缓缓地流动着,翻起鱼鳞的小水花,自卫队员蹚过的河心浮着几片黄叶子。她想起伤兵来,走下了破木板,轻手轻脚地回到屋里来。每一次风吹草动,她心惊肉跳一阵,疑惑敌人来了。

屋子里死黑的,墙根上散发着土的湿潮气、羊毛的骚味,还有一股咸涩的血腥气打着鼻子。冷空气在屋子里荡着,木板上印着黑霉色的斑点。顶棚上的谷草叶子被风扇得萧萧地响着。伤兵突然从昏迷中清醒了,扭了一下脖颈,眼睛像没有添满油的菜油灯闪着暗光,望着旁边的吴老娘,仿佛想到什么满意的事情,从他那风吹裂的干嘴唇上浮出一丝笑容。

"他的眼睛动颤啊!"她看出伤兵有些好的征候,暗暗地喜欢起来,她摸着伤兵的心窝,听到肚子里咕噜咕噜地叫起来。

"同志,你的肚子空的啊!"

伤兵仿佛没有听懂她的话，扬扬眉毛，吐出几个痛苦的声音："刘所长……卫生员……抬我到……"

"同志，这里就是你的家。"

吴老娘知道他的嗓子发干了，关心地问着。

"你想喝水吗？"

伤兵没精打采地撩起了眼皮，又昏昏沉沉的了。

她费去了两袋烟工夫，七凑八凑找出了锅、碗、柴，烧好了水，叫了半天，伤兵没有答应一声。她含了一口温水，跪下膝盖，吐在伤兵的嘴里，直等到伤兵苏醒过来的时候，她的心才落体了。

她最后来到门口去张望，她的放羊的小儿子从南山坡逃回来，看见娘站在门口，像一只蚂蚱扎到她的怀里。

"娘，你把我急死了，什么人缠住了你。"

她眉开眼笑地抓住小儿子的手说："这样凉，你没有碰到鬼子吗？"

小儿子搓一搓冻僵的手指头，哈了一口气，把听来的消息告诉母亲说："娘，五团在马家坨冲了一次锋，把鬼子冲垮了。你知道，五团的一个同志打仗可凶呢！他守马家坨山头，用手榴弹打死五个鬼子，又用刺刀刺死一个。他挂了花，逃出敌人包围的圈子。"

"那么，他逃到什么地方去了呢？"母亲着急地问。

小儿子告诉她说："在半路上碰到了担架队。"

"担架队抬到什么村庄去了？"

"娘，听说抬到咱们村里来了。"

"啊……"

吴老娘吃惊地伸出舌头来，望着小儿子铃铛般的眼睛，呆了半天。

★★★★★★

光景久了,伤兵的身子渐渐地复原了,精神头也旺了。每天饭前饭后,他看到吴老娘黄饼色一样亲热的脸,立刻有说有笑地扯起来,呲着大牙,活像开水珠子喷到嘴唇的外边,讲起在马家坨打仗的情形。关于把守山头、掩护团主力转移、拼刺刀等,仿佛忘掉一切的样子。

"八路军真沾,个个都是好样儿的。"

她怕伤兵过于耗费精神,阻止他说:"同志,养养神吧!你想吃什么补补身子呢!"

"我什么也不想吃,这样麻烦使我真不安心啊!"

伤兵是一向和老百姓的关系搞得很好的,每次到宿营地,抢着给老百姓打扫院子、挑水、铡草;擦脸和洗脚水也是自己动手;买东西还钱,吃粮食给粮票,没有一处麻烦老百姓的地方。现在吴老娘殷勤地侍奉他,倒使他不安起来了。

"可不要麻烦啊!"

"我们倒麻烦了你们。"

"你说什么?"

"同志!你不讲平等哩。"她轻轻地推着他的胳膊,像个小孩子斗嘴一样地笑起来:"八路军给我们减了租,还吃优待粮食。"

伤兵吃惊地瞪大了眼珠子,撩起了黄军衣,扶着墙根坐了起来。

"那么,你的儿子也是当八路军的。"

吴老娘咧开了干嘴巴子,不知不觉地笑起来:"我的大儿子在老八团,前年村里动员时候,妇救会主任给他戴上红花,送到区上报名。"

"你想他吗?"

"每一次,我看到黄军衣的同志,我都想起他来。"

"无怪你对我这样挂心啊!"

"每一个八路军同志,我都没有当外人看待呵!"

伤兵渐渐地心平气和了,仿佛在自己的母亲跟前一般,不再拘束什么。

她对于伤兵的体贴是无微不至的:他的嗓子发干的时候,她走到灶头去烧水;他打哈欠的时候,她扶着他躺下休息;在夜里,她把自己的棉衣盖在伤兵的身上,不让他知道;她离开了门,嘱咐小儿子侍奉伤兵:"你要小心照顾,人家是为了咱们打仗受了伤。"她为了保养伤兵的身体,用自己的口粮给他换挂面吃,煮鸡蛋、杀鸡子、蒸饼子、拉豆腐脑。伤兵吃得很顺口,可是他并不晓得豆腐脑是从哪里搞来的。

一天夜深人静的时候,伤兵被隔壁间的砰砰声惊醒了,声音像是鼻息,像是没有吃食的小猪打哼哼。他睁开眼睛看,一线灯光从土墙的黑窟窿里透出来。原来是吴老娘和小儿子在隔壁间拉磨。小儿子用胳膊抱住磨杆,她在后面一边推着磨,一边用勺子对磨眼添豆子。白色的豆汁淌在她的裤筒子上。灯捻烧成了残灰,半死不灭地发着暗光,拐角和走道显得朦朦胧胧的。她看不大清楚,深一脚浅一脚随着磨杆转来转去,一直转得昏头昏脑,她的手还抓着勺子没有放松。到最后,小儿子困得打了盹,磨停下了。

"你看你困呆呆的样子!"她催促小儿子说,"使点儿劲儿吧!"

"娘!我放哨的时候就打盹了。"小儿子用袖子擦着眼屎。

"睁开眼睛,使点儿劲儿,队伍打仗的时候该多苦呵!"

第二天,吴老娘盛了一碗豆腐脑,放在伤兵的头置上。伤兵塌下的眼睛一直呆呆地望着碗,碗里豆腐脑的热气已经给吹散了。

"同志,你怕烫嘴吗?"她向他说。

"我怕麻烦你们,给我拉豆腐脑,弄得你们上下不安。"

"实在没有啥麻烦的，槽头养条小毛驴，套上拉拉磨，也很顺手。"她怕伤兵多心，只好拐弯抹角隐住了实情。

"你们没有驴……我看到你夜里干了什么……"

伤兵想起了吴老娘拉磨的情形，眼泪禁不住地流出来了。

"同志，你不要难过……"她不晓得怎样说才好，沉一沉脸，把碗筷放下了。

伤兵看到了吴老娘的碗里盛的玉荍糊糊，又看到自己碗里的豆腐脑，愈使他感动起来了。

"你吃玉荍糊糊呀！"

"八路军来了之后，我吃什么都是香的呵！"

吴老娘有一页哀痛的历史。她十七岁出了嫁，碰到卡孤年头儿，婆婆和她丈夫分了家，给他两瓢玉荍子，临别的时候对她说："大家不要饿死在一块儿，老天爷有眼睛，你们找个活路吧！"她同丈夫流落出来，佃种山大王的梯田，不管在风里雨里受苦，她的气力总是像牛皮拧成的鞭子一样，永远不会松劲儿。两个人血一把汗一把地忙到老秋，打下的粮食顶了地租子，自己还得吃曲曲菜和粗糠度命。八路军来了之后，减了租子，垦了一片荒地，吃着优待粮食。她们像夏天雨后的蝼蛄一样，从松土壳里翻出了身。

她对于八路军的恩情是永远忘不了的。话头话尾之间，她总是感动地对伤兵说："没有八路军，也就没有今天的穷庄稼主呵！喝一口玉荍糊糊，不是比吃曲曲菜强得多么！"野菜根已经在她的心底深处腐烂了。当她想起今天的光景，她脸上的皱纹像老王瓜皮一样地裂开了，透出了黄金色的笑容。

伤兵看见吴老娘和蔼可亲的笑容，立刻想起自己的母亲来。母亲也是一辈子过着苦光景的。吃菜饭吃得恶心，给地主当佃户，几十年都是少吃缺穿。有一次，母亲在扩军大会上给他报了名，在他的怀里塞了一张油饼，眼泪汪汪地说："孩子，你妈妈是一辈子踩在别人的脚底下，去吧！给你妈妈争口气，八路军是不会错待我们的。"以后他随着队伍打仗，再没有看到母亲了。

吴老娘想起自己的大儿子，替他出主意说："你应该给你家里消个信呵！"

"现在兵荒马乱的，交通站也转移了。"

她出神地望着他说："你想她吗？"

"我想她，我怎能不想她呢……"伤兵停了一会儿，又接着说："我离开家的时候，布袋里只剩下三壳玉菱子。"

"优抗主任会想办法的，有良心的，不会看着抗属挨饿。"

"那时候，柴火也不多了，剩下几捆草，烧不到打春。"

"那个，政府也会给想办法的，儿童给抗属砍柴，各村都是一样。"

"我吃了你们的公粮……没有粮票……"

伤兵想到了粮票，又不安起来了。

临别的那天，五团派一位卫生员来接伤兵，还带着一副担架来到了村庄。这一天，吴老娘显得特别的凌乱和匆忙，卷起袖子做饭，收拾伤兵的衣服，她把煮好的鸡蛋塞在伤兵的衣服兜里。

冬天了，已经到了滴水成冰的时候，小河沟冻得严严实实，河岸的砂土给封住了，冰块闪着耀眼的亮光。吴老娘拖着半吊子脚跟在担架的后边，冷风吹乱了她头顶上苍白的头发，手指颤抖着。她一边同着卫生员讲话，一边去拉着露在担架外边的被角。伤兵从被里伸出胳膊来，紧紧地抓住她的手，又露出两只眼睛，盯着她那平板而又温厚的脸孔，感动得不知道说什么才好。

吴老娘压着嗓子说："同志！你回队伍上……"

"我回队伍上，你叫我干什么呢？"

"我想……"吴老娘向前迈了一步,"你不要忘了给你母亲捎个信。"

"你待我好,就像我的母亲一样。"

"那么,你到队伍上就给我捎个信来吧!告诉我你的伤好了没有。"

伤兵想给吴老娘敬礼,他的手腕举到额角边,又□抖地放下了。吴老娘看到他的动作,也摇了摇手。

"回到队伍上,给我捎个信来啊!"

吴老娘一动也不动地站在小河沟岸上,望着担架队走远了。冷风在嗖嗖地刮着,刮着伤兵的黄衣襟像一只蝴蝶在抖擞着。担架拐过一条茅草道,向着左侧的一片银灰色的山麓走去。

(《晋察冀日报》1945 年 12 月 30 日)